Linda Chapman

Stardust
Wolkenpferde

Himmelszauber

Aus dem Englischen von Julia Walther

Illustrationen von Kirsten Straßmann

KOSMOS

Umschlaggestaltung von Atelier Reichert, Stuttgart, unter
Verwendung einer Illustration von Carolin Ina Schröter, Berlin.

Innenillustrationen von Kirsten Straßmann, Recklinghausen.
Aus dem Englischen übersetzt von Julia Walther.

Titel der englischen Originalausgabe:
Stardust – Cloudhorses: Weather Magic

„Himmelszauber“ ist der 1. Band der Reihe „Stardust – Wolkenpferde“.
Weitere Titel von „Stardust“ siehe auch S. 143

ISBN 978-3-440-11268-7

Redaktion: Ina Brandt
Produktion: Angela List
Gesamtherstellung: DOPPELPUNKT Auch & Grätzbach GbR, Stuttgart
Printed in the Czech Republic / Imprimé en République tchèque

1

„Darf ich an den Strand gehen?“, fragte Luna, als ihre Stiefmutter das Auto an der Straße mit den kleinen Steinhäusern parkte.

Jo schaltete den Motor aus. „Natürlich. Aber komm zuerst kurz mit rein und sag Tante Alice Hallo.“

„Ja, klar, mache ich.“ Als Luna aus dem Auto hüpfte, wehte ihr der Wind die langen schwarzen Haare ins Gesicht. Am grauen, wolkenverhangenen Himmel über ihr schrien die Möwen.

Lachmöwe, Dreizehenmöwe, Sturmmöwe, dachte Luna bei ihrem Anblick. Sie hatte ihr ganzes Leben an der Küste von Dorset gewohnt und kannte die Namen aller Tiere, die hier lebten. Sie wollte später mal Tierärztin werden – oder Springreiterin. Pferde waren ihre absoluten Lieblingstiere!

Jo hatte schon fast die Tür eines der kleinen grauen Häuschen erreicht. Sie drehte sich um. „Na, komm schon, du Tagträumerin“, meinte sie lachend.

Da wurde Luna erst klar, dass sie einfach nur in die Luft gestarrt hatte. Verlegen folgte sie Jo. Ihre Familie zog sie regelmäßig wegen ihrer Tagträumereien auf.

Jos Großtante Alice öffnete ihnen. Sie war einundneunzig Jahre alt und konnte sich nur noch ganz langsam bewegen. Ihr Gedächtnis war aber ausgezeichnet. Luna liebte es, den Geschichten von früher zu lauschen, als Alice noch klein war. „Hallo, meine Liebe“, begrüßte Tante Alice Jo mit einem Kuss auf die Wange. „Und Luna ist auch dabei. Wie schön! Kommt rein.“

Drinnen kamen sofort die zwei Katzen von Tante Alice angetapst und strichen schnurrend um Lunas Beine. Sie beugte sich hinunter, um die beiden zu streicheln.

„Nun lass mich raten“, sagte Tante Alice lächelnd. „Draußen ist es trocken. Also möchtest du vermutlich heute lieber an den Strand, als meine alten Geschichten anzuhören."

„Ja, wenn du nichts dagegen hast", erwiderte Luna ein bisschen verschämt.

„Aber natürlich nicht." Luna war sich sicher, dass Tante Alice wusste, wie gerne sie alleine an den Strand ging. Zu Hause war sie nie für sich. Sie hatte drei ältere Stiefbrüder, die das Haus mit Lärm füllten. Ständig herrschte irgendwo Geschrei. Sportsendungen dröhnten Tag und Nacht aus dem Fernseher. Manchmal kam Luna sich vor wie eine Fremde. Niemand sonst in ihrer Familie mochte die Dinge, die sie mochte: Pferde und lesen und sich Geschichten ausdenken.

„Aber mach dich gleich auf den Heimweg, wenn es wieder nach Regen aussieht." Jo wandte sich an Tante Alice. „Unglaublich, was wir in letzter Zeit für Wetter hatten. Es ist so wechselhaft. Eine Minute Regen, dann wieder Sonnenschein."

Während die beiden übers Wetter sprachen, verließ Luna das Haus.

Draußen rannte sie die Straße entlang, bis sie zu dem Pfad kam, der zwischen hohen Hecken Richtung Meer führte. Luna war glücklich. Endlich allein und den Kopf voller Pferdegedanken. Was für ein Pferd wäre ihr Traumpferd? Ein schwarzer Hengst mit weißem Abzeichen? Ein kastanienbraunes Springpony? Sie entschied sich schließlich für einen Apfelschimmel, einen wunderschönen Araber mit seidigem Fell.

Sie stellte sich vor, ihn zu reiten. Sie tat so, als würde sie die Zügel halten, schnalzte mit der Zunge und trabte los. Dann ließ sie ihr Pferd scheuen, als hätte es etwas in der Hecke gesehen, und galoppierte um die Kurve. Dort mündete der Pfad in den Küstenweg.

Erschrocken hielt sie an und wurde rot. Eine Frau und ein Mädchen kamen ihr entgegen. Die Frau hatte lange blonde Haare und lächelte ihr freundlich zu. „Hallo“, grüßte sie.

Auch das Mädchen wirkte nett. Sie schien ungefähr so alt zu sein wie Luna. Ihre Augen waren braun, viele dunkle Locken umrahmten ihr Gesicht. „Hi“, sagte sie.

Luna stöhnte innerlich. Wie peinlich! Die beiden hatten bestimmt gesehen, dass sie so getan hatte, als sei sie ein Pferd. „Hallo“, murmelte sie mit hochroten Backen. Schnell ging sie weiter.

„Komm, Xanthe“, hörte sie das Mädchen sagen, als sie auf den Pfad abbogen.

Luna rannte oben an den Klippen entlang. Links von ihr war das Meer. Die Wellen rollten die Kieselsteine des kleinen Steinstrandes hin und her. Zu ihrer Rechten lagen die grünen und gelben Felder, die durch Steinmauern und Hecken getrennt wurden. Zwischen den Feldern standen vereinzelt ein paar Bauernhöfe. Lunas Blick fiel auf das Haus, das den Klippen am nächsten stand. Felsenhaus hieß es. Luna kannte den Namen, weil es einst der Familie ihrer Mutter gehört hatte. Nicht Jos Familie, sondern der ihrer richtigen Mutter. Sie war gestorben, als Luna drei war. Das Haus stand lange Zeit leer, doch Anfang des Jahres hatte es jemand gekauft und angefangen zu renovieren. Inzwischen waren das Gerüst und die Bauarbeiter verschwunden. Stattdessen parkte ein schicker silberner Sportwagen davor. Es musste also jemand eingezogen sein. Hinter dem Haus gab es einen Stall und ein kleines Wäldchen.

Während sie weiter davon träumte, wie es wäre, selber Ponys und Weiden zu haben, bog Luna auf einen anderen Trampelpfad ab. Er wurde von überhängenden Bäumen fast verdeckt und führte hinunter zum Strand. An manchen Stellen war der Weg so steil, dass Luna sich an Grasbüscheln festhalten musste. Doch sie war hier schon so oft hinuntergeklettert, dass sie genau wusste, wo sie aufpassen musste. Schließlich erreichte sie die kleine Bucht. Sie spazierte ein Stück den Strand entlang, bevor sie sich auf einen großen Felsen setzte. Das hier war einer ihrer liebsten Orte. Abgesehen von den Rufen der Vögel war es absolut ruhig.

Lunas Blick wanderte die gezackte Küste entlang. Auf der anderen Seite der Bucht endeten die Klippen in einer Landzunge. An deren Ende ragten drei großen Felsen aus dem Wasser. Zwei standen aufrecht, und der dritte war fast rund und hatte in der Mitte ein Loch. Dieses Loch war so groß, dass ein Erwachsener ohne Probleme hindurchklettern konnte. Die Leute hier in der Gegend nannten diese drei Felsen „Das Ende der Welt". Bei Ebbe konnte man sie über den Strand erreichen. Wenn Flut war, verschwand die Landzunge im Meer.

Luna blickte auf die Wellen und scharrte dabei mit den Füßen in den Kieselsteinen. Sie purzelten durcheinander, grau, weiß und braun. Luna schaute genauer hin. Vielleicht war ja ein Zauberstein dabei? So nannte sie insgeheim die Steine mit einem Loch in der Mitte. Tante Alice hatte ihr erzählt, dass die Leute früher solche Steine außen ans Haus hängten, um Hexen zu vertreiben. Außerdem hatten sie versucht, damit zu zaubern. Damals glaubte man, dass diese Steine für alle Arten von Wetterzauber, Heilungs- oder Schutzzauber funktionierten.

Da! Luna hatte einen entdeckt. Es war ein glatter grauer Stein, der von weißen Linien durchzogen war. Sie hob ihn auf. In der Mitte hatte er ein Loch, groß genug, dass sie einen Finger durchstecken konnte. Luna drehte den Stein in der Hand hin und her. Nur ein Loch. Manchmal hatten diese Steine auch mehrere Löcher. Und wieder andere hatten kleine Löcher, in denen Bruchstücke von Kieseln oder Muscheln steckten. Jeder war anders. Luna hob die besten für ihre Sammlung zu Hause auf. Sie fuhr mit dem Finger über die glatten Seiten des Steins in ihrer Hand.

Es gefiel ihr, wie das Grau und das Weiß sich vermischten und wie weich er sich anfühlte. Diesen hier würde sie definitiv behalten. Plötzlich schien es in ihren Fingern zu kribbeln. Außerdem hatte sie den Eindruck, das Aufeinanderprallen der Kiesel im Wasser sei auf einmal irgendwie lauter geworden.

Luna malte sich aus, wie es wäre, wenn man mit den Zaubersteinen tatsächlich zaubern könnte. Das wäre einfach genial, dachte sie. Sie glaubte immer noch an Magie, auch wenn sie inzwischen fast elf war. Sie erzählte niemandem davon, die anderen würden sie sonst bloß hänseln. Aber tief in ihrem Innern war sie einfach fest davon überzeugt, dass es Magie gab.

Nun hielt sie den Stein hoch in Richtung Himmel und schaute durch das Loch.

Doch was war das? Vor lauter Schreck hätte sie den Stein beinahe fallen lassen. Pferde! Da waren Pferde in den Wolken!

Rasch blickte Luna über den Stein hinweg in den Himmel. Jetzt sahen die Wolken wieder völlig

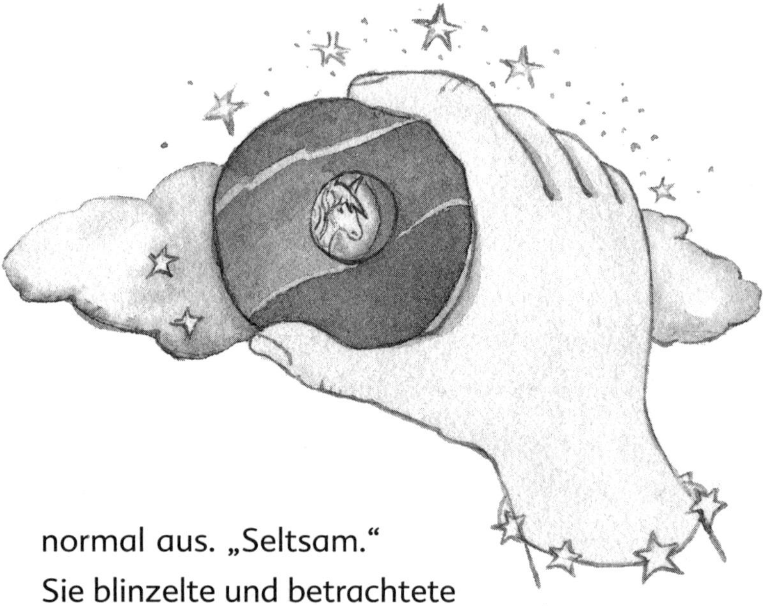

normal aus. „Seltsam."
Sie blinzelte und betrachtete den Stein in ihrer Hand. Da war wohl ihre Phantasie mit ihr durchgegangen. Das war doch bloß Einbildung, oder?

Natürlich war es das, ermahnte sie sich selbst.

Ganz langsam hob sie den Stein noch einmal Richtung Himmel. Sie schnappte nach Luft. Kein Zweifel! Da waren eindeutig Pferde in den Wolken!

2

Luna hielt fasziniert den Atem an. Die Wolken waren grau und dick, an manchen Stellen gezackt wie eine Bergkette. Darüber verteilt befanden sich verschiedene Gruppen von Pferden: Stuten mit jungen Fohlen, eine Gruppe junger Hengste und eine Horde Einjähriger, die von einer wunderschönen Stute geleitet wurden. Die Farben der Pferde reichten von reinstem Weiß bis zu einem dunklen Grauschwarz.

Luna hob und senkte den Stein mehrmals. Doch jedes Mal, wenn sie durch ihn hindurchschaute, waren die Pferde immer noch da. Was war hier los?

Sie sprang auf und rannte den Strand und die Klippen entlang zurück. Atemlos erreichte sie schließlich das Haus ihrer Tante und klingelte Sturm.

Jo öffnete ihr. Als sie Lunas große Augen sah, runzelte sie die Stirn. „Ist was passiert?“

„Am Himmel! Ich habe etwas am Himmel gesehen“, japste Luna. Ihre Lungen taten weh vom schnellen Laufen.

„Wovon redest du denn?“, wollte Jo verwundert wissen.

Tante Alice tauchte nun ebenfalls im Flur auf. „Luna, ist alles in Ordnung?“

„Nein.“ Lunas Blick wanderte aufgeregt von einer zur anderen. „Da sind Pferde am Himmel!“

„Pferde am Himmel?“ Jos Miene entspannte sich sichtlich. „Ach, Luna. Und ich habe mir schon Sorgen gemacht!“

„Ich denke mir das nicht aus. Es stimmt!“, rief Luna. „Sieh selbst! Halte ihn Richtung Himmel und schau durch das Loch.“ Sie drückte Jo den Stein in die Hand.

Ungläubig schüttelte ihre Stiefmutter den Kopf. Als sie durch das Loch des Steins hindurchsah, zuckte sie zusammen und fasste sich ans Herz. „Aber ja doch! Pferde!“

„Du kannst sie auch sehen!" Luna war so erleichtert. Also war sie doch nicht verrückt!

„Ja, und ein feuerspeiender Drache und ein Schloss und eine Fee." Lachend gab Jo ihr den Stein zurück.

Luna hatte das Gefühl, als wäre sie ein Ballon, dem jemand langsam die Luft abließ. „Aber da sind Pferde", beharrte sie verwirrt. „Ich kann sie sehen." Verzweifelt wandte sie sich an ihre Tante. „Kannst du sie sehen, Tante Alice?"

„Ach, Luna ..." Jo runzelte unwillig die Stirn.

Doch Tante Alice nahm den Stein und sah hindurch. Luna hielt die Luft an, aber die alte Dame schüttelte den Kopf. „Ich sehe nichts als Wolken, meine Liebe", sagte sie. „Aber als ich klein war, erzählte man sich Geschichten von Pferden, die im Himmel leben. Wolkenpferde wurden sie genannt. Ich erinnere mich noch genau. Die Leute sagten, es seien Zauberpferde, die über das Wetter herrschten. Sie konnten guten oder schlechten Wind bringen. Es hieß, man könnte sie manchmal an besonders stürmischen Tagen zu Gesicht bekommen. Ich habe endlos lange in den Himmel gestarrt, aber ich habe sie nie gesehen. Dabei wollte ich es unbedingt!“

„Wolkenpferde“, flüsterte Luna. Sie sah wieder durch ihren Stein hinauf in den Himmel. Da waren sie, schüttelten ihre Mähnen und trabten zusammen umher, während sich immer mehr graue Wolken zusammenballten. Lunas Finger schlossen sich um den Stein. Was war hier los?

Magie ... Dieses eine Wort schwirrte ständig in ihrem Kopf umher. Warum kann nur ich die Wolkenpferde sehen, dachte sie verwirrt. Welcher Zauber steckte hier dahinter?

Am Nachmittag fuhren Jo und Luna zurück nach Eggleston, der kleinen Stadt, in der sie wohnten. Als sie das Haus betraten, kam gerade Jake, Lunas zwölf Jahre alter Bruder, mit einem Ball unterm Arm die Treppe heruntergestürmt. „Tor!“, brüllte er und schoss den Ball übers Geländer hinweg, sodass er beinahe Lunas Kopf traf.

Ben und Sam, die dreizehn und vierzehn waren, liefen aus der Küche ins Wohnzimmer. Dort wurde im Fernsehen lautstark ein Fußballspiel übertragen. „Wetten, dass es zwei-eins ausgeht?“, meinte Ben.

„Nee, ich glaube, drei zu drei, und dann gibt es Elfmeter“, widersprach Sam.

„Hallo, Jungs“, meinte Jo trocken. „Freut mich auch, euch zu sehen.“

Schnell lief Luna nach oben in ihr Zimmer und machte die Tür zu, um dem Fernsehlärm zu entgehen. Ihr Zimmer war nicht sonderlich groß. Es gab gerade genug Platz für ein Bett, einen Schrank und einen Schreibtisch. Doch dafür war das Fensterbrett breit genug, dass Luna darauf sitzen konnte. An einem Ende stand eine dunkle alte Holzkiste. Luna machte es sich gemütlich und zog die Kiste zu sich heran. Darin befanden sich lauter Zaubersteine und ein zusammengefaltetes Stück Papier. Die Kiste hatte früher ihrer Mutter gehört. Luna hatte schon immer gerne mit den Steinen gespielt, und als ihre Mutter starb, hatte ihr Vater ihr die Kiste geschenkt. Inzwischen hatte Luna die

Steinsammlung erweitert, sodass die Kiste fast voll war. Nun legte sie den Zauberstein, den sie am Strand gefunden hatte, neben sich und nahm einen ähnlichen aus der Kiste. Würde dieser auch funktionieren?

Sie hielt ihn vors Auge – und tatsächlich! Wieder sah sie die Wolkenpferde am Himmel. Einige hatten den Kopf erhoben und die Ohren gespitzt, als würden sie auf etwas lauschen. Luna wählte einen anderen Stein, einen mit vielen kleinen Löchern. Doch als sie durch diesen hindurchschaute, konnte sie nur Wolken sehen. Das Gleiche galt für ein paar andere Steine. Also funktionierten manche der Zaubersteine und andere nicht. Sie rieb sich die Stirn. Was ging hier vor sich?

„Wetterzauberin!“ Eine Stimme schien plötzlich ihren Kopf zu füllen. Luna sprang erschrocken auf und sah sich um. Es hatte geklungen, als würde jemand direkt hinter ihr stehen. Aber da war niemand.

Sie holte tief Luft und sah den Stein an. „Hallo?“, flüsterte sie. Ihr Herz klopfte laut. Mit wem sprach sie hier eigentlich?

„Wetterzauberin, hilf mir!“, bat die Stimme eindringlich. „Ich bin gefangen worden. Man will mich für dunkle Zwecke missbrauchen. Schreckliche Stürme und Chaos werden über die Küste hereinbrechen. Du musst mich befreien. Ich …“ Die Stimme verwandelte sich in ein Flüstern. „Die

Böse kommt!“ Dann hörte Luna ein Wiehern. Es klang trotzig und wütend. Und plötzlich war Stille.

„H… hallo?“, stammelte Luna unsicher.

Aber es kam keine Antwort.

Luna starrte den Stein an. Wer bat hier um Hilfe? Es hatte geklungen wie ein Pferd. Aber das war verrückt!

Auch nicht verrückter als Pferde im Himmel, dachte sie dann.

Die Worte, die sie eben gehört hatte, hallten in ihrem Kopf wider: *Ich bin gefangen worden … Chaos wird hereinbrechen … du musst mich befreien.*

Luna fuhr sich durch die Haare. Sie war völlig verwirrt. Wieder sah sie durch den Zauberstein in den Himmel. Als hätten sie einen Befehl bekommen, marschierten die Pferde plötzlich alle Richtung Osten. Luna schaute zu, wie sich die Wolken langsam verzogen. Zurück blieb blauer Himmel. Schließlich war keine Wolke – und kein Wolkenpferd – mehr zu sehen.

3

Für den Rest des Tages blieb der Himmel klar, doch Lunas Gedanken kreisten ständig um die Wolkenpferde. Bevor sie ins Bett schlüpfte, ging sie noch einmal zur Kiste mit den Zaubersteinen. Warum funktionierten manche von ihnen und andere nicht? Sie strich mit den Fingern über die Steine. Da stieß sie auf das Stück Papier, das ihre Mutter zusammen mit ihren Steinen in der Kiste aufbewahrt hatte.

Luna nahm es heraus. Es war alt und die Buchstaben darauf verblasst. Irgendwann musste jemand mal Wasser oder eine andere Flüssigkeit darauf verschüttet haben. Am unteren Rand war die Tinte nämlich weggewaschen. Man sah nur noch einige schwache Zeichen. Der Teil, den Luna lesen konnte, klang sehr geheimnisvoll:

Wenn die Dunkle zurückkehrt,
wird sich das Tor ein weiteres Mal öffnen
und alle auf Erden in Schrecken versetzen.
Ist das Band jedoch zerrissen, werden sie
wieder behütet sein.
Doch sobald einer sich gefügig zeigt,
wird die Macht des Dunklen wachsen,
bis ...

Das war's. Der Rest der Worte war unleserlich. Jedes Mal, wenn Luna den Text las, fragte sie sich, was er wohl bedeutete und wer ihn geschrieben hatte. Die Handschrift ihrer Mutter war es nicht. Außerdem stand oben ein Datum: 8. August 1903. Damals hatte ihre Mutter noch gar nicht gelebt. Warum aber hatte sie den Zettel in der Kiste mit den Zaubersteinen aufbewahrt? Sie seufzte, faltete das Papier wieder zusammen und legte es zurück in die Kiste. Wahrscheinlich würde sie nie erfahren, warum ihre Mutter es aufgehoben hatte.

Luna nahm den Stein, den sie am Strand gefunden hatte, mit ins Bett und legte ihn unter ihr Kopfkissen. Sie fing an, ein Buch zu lesen. Heute war jedoch so viel passiert, dass sie müde war und bald einschlief. Sie dachte, sie würde von Wolkenpferden träumen. Stattdessen träumte sie, sie würde fliegen. Diesen Traum hatte sie schon oft gehabt. Er fing immer damit an, dass sie im Garten stand und zu den Sternen hinaufsah. „Ich glaube an Sternenstaub", sagte sie im Traum. „Ich glaube an Sternenstaub. Ich glaube an Sternenstaub."

Und wenn sie die Worte zum dritten Mal ausgesprochen hatte, wurde ihr Körper plötzlich ganz leicht und in die Luft emporgehoben – dann flog sie!

Genauso lief es jedes Mal ab. Sie flog einfach davon in Richtung der Sterne. Das Seltsame war, dass ihr im Traum das Fliegen völlig normal und echt vorkam. So echt, dass sie sogar ein paar Mal nachts in den Garten geschlichen war und die Worte vor sich hin gemurmelt hatte. Natürlich war nie etwas passiert. Sie stand einfach nur da und ging schließlich zurück in ihr Zimmer. Sie kam sich hinterher immer ganz dumm vor, dass sie geglaubt hatte, es könnte wirklich etwas geschehen.

In ihrem Traum flog Luna nun fröhlich umher und genoss das Gefühl der Nachtluft, die ihr um die Nase wehte.

„Wetterzauberin!" Erschrocken hielt sie in der Luft inne. „Hilf mir!"

Luna sah sich verwirrt um. Das war die Stimme des Pferdes, die sie heute Nachmittag gehört hatte.

„Du bestehst aus Sternenstaub. Wetterzauberei liegt dir im Blut. Benütze deine Magie, um mir zu helfen."

„Was meinst du?", stammelte Luna verwirrt.

„Glaube an Sternenstaub. Glaube heute Nacht daran. Benutze den Stein!" Das Pferd wieherte eindringlich. „Tu es heute Nacht!"

Luna schreckte aus dem Schlaf hoch. Das Wiehern schien noch in ihren Ohren nachzuhallen. Was machte denn das Pferd in ihrem Traum? Was hatte es gemeint? *Benutze den Stein ... tu es heute Nacht.* Schnell griff sie unter ihr Kissen nach dem Zauberstein.

Mondlicht fiel zwischen den offenen Vorhängen hindurch. Entweder ihr Vater oder Jo waren da gewesen, hatten das Licht ausgeschaltet und ihr Buch auf den Nachttisch gelegt.

Benutze den Stein ...

Aber wie?

Luna setzte sich auf und sah den Stein an. Je mehr sie ihre Gedanken darauf konzentrierte, desto größer schien das Loch in der Mitte zu werden. Luna blinzelte. Sie hatte das Gefühl, als würde eine geheimnisvolle Kraft aus dem Stein sie anziehen. Das Zimmer um sie herum schien zu verschwimmen. Plötzlich wurde es ganz dunkel. Luna schnappte erschrocken nach Luft, hielt den Stein umklammert und sah sich um. Was war hier los?

Nach und nach ließ die Dunkelheit ein wenig nach. Mit einem kalten Schaudern bemerkte Luna, dass sie sich nicht mehr in ihrem Zimmer befand. Sie stand in einem Wald! Das kann nicht sein, dachte sie verwirrt. Ich bin in meinem Zimmer, das weiß ich genau! Aber der Wald kam ihr ganz wirklich vor. Blätter raschelten im Wind, und es roch nach feuchter Erde. Luna hatte das Gefühl, zu träumen und gleichzeitig wach zu sein. Rasch rappelte sie sich auf und sah sich um. Sie stand auf einer Lichtung. Durch die Bäume konnte sie einen Stall aus grauem Stein erkennen. Auf dem Dach steckte eine Wetterfahne in der Form eines sich aufbäumenden Pferdes. Sein Gesicht wirkte böse. Das Maul war aufgerissen, als wolle es gleich zubeißen. Die Vorderhufe wirbelten durch die Luft wie bei einem Angriff. Luna erschauderte und schaute weg. Dabei sah sie aus dem Augenwinkel etwas Weißes neben sich aufblitzen. Ein Pferd trat aus dem Schatten der Bäume und blieb am Rand der Lichtung stehen.

Luna hielt den Atem an und traute ihren Augen kaum. Dort stand ein schneeweißer großer Hengst mit elegant gebogenem Hals und stolzen schwarzen Augen! Seine Mähne war lang und

dicht. Darunter erkannte Luna ein schwarzes Seil, das um seinen Hals hing. Noch nie in ihrem Leben war ihr so ein schönes Pferd begegnet!

Als es sie ansah, wusste sie plötzlich, dass dies das Pferd war, das nachmittags und in ihrem Traum mit ihr gesprochen hatte. „Du bist es, oder?“, flüsterte sie.

Der weiße Hengst nickte: „Ja, ich brauche deine Hilfe.“ Sein Maul bewegte sich dabei nicht. Wie schon zuvor hörte sie seine Stimme in ihren Gedanken. „Ich bin von einer dunklen Macht gefangen. Du musst mich befreien, Wetterzauberin. Tu, was ich dir im Traum gesagt habe. Glaube an Sternenstaub. Glaube heute Nacht daran. Dann such mich nahe den Felsen am Ende der Welt.“

„Was ... was meinst du damit?“, stotterte Luna. „Was für Sternenstaub? Und warum nennst du mich immer Wetterzauberin?“

Doch bevor der Hengst ihre Fragen beantworten konnte, wurde es Luna auf einmal schwarz vor Augen. Das Pferd und der Wald schienen sich von ihr zu entfernen und immer kleiner zu werden.

Grelles Licht blendete sie. Luna blinzelte und stellte fest, dass sie sich wieder in ihrem Zimmer befand, wo ihr das Mondlicht direkt ins Gesicht schien. Zitternd hielt sie sich an ihrer Bettdecke fest. Was sollte sie tun?

Sie kannte die Antwort, noch bevor sie die Frage richtig zu Ende gedacht hatte. Obwohl sie sich selbst sagte, dass das völlig verrückt war, schlich sie nach unten. Den Zauberstein nahm sie mit. So leise sie nur konnte, zog sie die Hintertür hinter sich zu. Dann lief sie auf die Wiese und sah hinauf in die Sterne.

„Ich glaube an Sternenstaub", flüsterte sie. „Ich glaube an Sternenstaub." Sie wurde ganz aufgeregt. Sie hatte heute Wolkenpferde gesehen. Sie hatte im Traum mit einem Hengst gesprochen. Alles Dinge, die es angeblich gar nicht gab. Warum also sollte das hier nicht auch funktionieren?

Bitte, bitte, bitte, dachte sie.

„Ich glaube an Sternenstaub", sagte sie leise.

Ihr Körper schien auf einmal ganz leicht zu werden, genau wie in ihren Träumen. Dann flog sie hinauf in die Luft und drehte sich in einem Nebel aus glitzerndem Licht.

„Oh, wow!“, staunte Luna fassungslos.

Sie sah an sich hinab und stellte fest, dass sich ihr Nachthemd in ein perlgraues Kleid verwandelt hatte. Der Rock wirbelte um ihre Beine. Sie flog – sie flog tatsächlich! Aber das kann doch nicht wahr sein, sagte eine Stimme in ihrem Kopf.

Ist es aber!, dachte Luna. Sie strahlte vor Freude. Das hier war kein Traum. Sie flog!

Entschlossen verdrängte sie alle Zweifel und Fragen aus ihren Gedanken. Ihr war wieder eingefallen, was das Pferd gesagt hatte. *Du findest mich bei den Felsen am Ende der Welt.*

Während sie über die Straßen und Wälder hinwegflog, kribbelte es sie am ganzen Körper. Immer wieder lachte sie vor Begeisterung, flog Schleifen und Wellen. Dabei genoss sie den Wind, der ihr durchs Haar strich, und das Licht der Sterne, das sie umfing. Sie wusste zwar nicht, was hier passierte oder warum es passierte, aber es war auf jeden Fall der unglaublichste Tag ihres Lebens!

Kurze Zeit später erkannte sie im hellen Mondlicht die drei Felsen, die das „Ende der Welt“ bildeten. Sie landete am Kieselstrand. Die Steine fühlten sich hart und kalt unter ihren Füßen an. Was sollte sie jetzt machen? Bis zu den Felsen vorgehen? Aber der Hengst hatte nicht gesagt, dass er genau dort sein würde. Sie würde ihn in der Nähe finden, waren seine Worte gewesen. Als sie gerade versuchte, sich zu entscheiden, wohin sie gehen sollte, hörte sie über sich plötzlich einen leisen Schrei.

„Oh!"

Luna zuckte zusammen und sah nach oben. Sie traute ihren Augen kaum. Über ihr flog ein Mädchen durch die Luft!

4

Das Mädchen sah Luna aus großen, haselnussbraunen Augen an.

„Was … wer …?“, stammelte Luna. Ihr wurde plötzlich klar, dass es sich um dasselbe Mädchen handelte, das ihr heute auf den Klippen begegnet war. Doch statt der kurzen Hosen vom Nachmittag trug sie nun ein goldenes Kleid.

„Du bist auch eine Sternenstaub-Elfe!“, rief das Mädchen. Sie flog zu Luna herunter und starrte sie an, als könne sie ihren Augen nicht trauen. „Aber wie kann das sein? Xanthe hat doch gesagt, es gibt hier sonst keine Sternenstaub-Elfen! Wow!“ Die Worte sprudelten nur so aus ihr heraus. „Das ist ja phantastisch! Kennst du noch andere Sternenstaub-Elfen? Wie lange bist du schon eine? Das ist ja so cool!“

Das Mädchen hätte genauso gut eine fremde

Sprache sprechen können. „Wer ... wer bist du denn?“, brachte Luna schließlich heraus. „Und was ist eine Sternenstaub-Elfe?“

„Ich heiße Erin“, antwortete das Mädchen mit den dunklen lockigen Haaren. „Wie meinst du das – was ist eine Sternenstaub-Elfe? Du bist eine. Ich bin eine.“ Sie zeigte auf Lunas Kleid. „Du musst doch etwas über Sternenstaub-Elfen wissen, sonst hättest du dich nicht in eine verwandeln können.“

„Ich habe keine Ahnung, von was du redest“, meinte Luna hilflos. „Ich habe heute Abend diese Worte aufgesagt – Worte, von denen ich geträumt habe –, und plötzlich flog ich durch die Luft. Mein Nachthemd hat sich in dieses Kleid verwandelt.“

„Oh!“ Erins Augen wurden noch größer. „Dann bist du bestimmt völlig verwirrt. Du meine Güte! Komm, am besten setzen wir uns hin und ich versuche, es dir zu erklären.“ Sie hockte sich auf den Stein, auf dem Luna nachmittags gesessen hatte. „Wie heißt du denn?“, fragte sie.

„Luna Davies." Luna setzte sich neben sie.

Erin grinste sie an. „Hallo. Na, dann erzähl ich dir mal, was ich über Sternenstaub-Elfen weiß. Viel ist das allerdings nicht, denn ich habe mich selbst erst vor drei Nächten zum ersten Mal in eine verwandelt. Es ist ein bisschen kompliziert, aber ich probier's jetzt mal: Also, jeder Mensch auf der ganzen Welt hat Sternenstaub in sich. Das macht die Menschen phantasievoll und kreativ. Aber manche Menschen haben mehr Sternenstaub als andere. Meistens erkennt man das daran, dass sie Tiere lieben und an Magie glauben und mehr Phantasie haben als andere Leute. Diese Menschen jedenfalls – die mit dem Extra-Sternenstaub – können sich nachts in Sternenstaub-Elfen verwandeln, wenn sie die magischen Worte ‚Ich glaube an Sternenstaub' dreimal hintereinander aufsagen."

„Aber ... aber ich habe das bereits vorher versucht. Ich hatte diesen Traum schon so oft. Aber nie ist was passiert", meinte Luna.

„Das liegt daran, dass sich die Planeten am

richtigen Ort befinden müssen, wenn du es das erste Mal sagst", erklärte Erin ihr. „Nach dem ersten Mal funktioniert es dann immer. Eine Sternenstaub-Elfe zu sein ist phantastisch! Wir können fliegen und zaubern. Wir helfen der Natur und machen das wieder gut, was gedankenlose Menschen an Schaden anrichten. Wir können zum Beispiel Pflanzen wachsen lassen, die von einem Feuer zerstört wurden, oder uns um bedrohte Tierarten kümmern. Es gibt vier unterschiedliche Arten von Sternenstaub-Elfen mit unterschiedlichen Zauberkräften. Davon erzähle ich dir später mehr. Ach, es ist ja so toll, dass du auch eine Sternenstaub-Elfe bist!" Ihre Augen strahlten.

„Und wie hast du dann herausgefunden, dass du eine bist?", wollte Luna wissen. In ihrem Kopf drehte sich alles.

„Durch Xanthe, meine Patentante. Sie ist auch eine Sternenstaub-Elfe. Sie dachte, ich könnte eine sein, und weil die Sterne und Planeten gerade richtig standen, hat sie uns vor ein paar Tagen besucht. Man darf niemandem, der keine Sternenstaub-Elfe ist, verraten, dass es sie wirklich gibt. Also hat sie so getan, als würde sie mir eine Geschichte erzählen. Ich wollte es natürlich sofort ausprobieren. Und es hat geklappt! Xanthe ist jetzt wieder nach Hause gefahren. Aber sie hat versprochen, bald wieder zu Besuch zu kommen. Ich kann es gar nicht erwarten, ihr von dir zu berichten! Wir können zusammen herumfliegen und uns jede Nacht treffen. Wo wohnst du denn?"

„In Egglestone", antwortete Luna. „Und du?"

„Hier in Long Medlow", sagte Erin. „Wir sind erst vor Kurzem hergezogen. Ich kenne eigentlich noch gar niemanden. Ich meine, in der Schule natürlich schon, aber richtige Freundinnen habe ich noch keine." Sie seufzte. „Das Problem ist, dass in meiner Klasse alle schon ihre Freunde gefunden zu haben scheinen."

„Außer wenn deine beiden besten Freundinnen beschlossen haben, dass sie nicht mehr deine besten Freundinnen sein wollen", meinte Luna. Erin sah sie fragend an. „Meine besten Freundinnen, Fran und Katie, lassen mich links liegen, seit sie erfahren haben, dass ich nächstes Jahr auf eine andere Schule gehe als sie", erklärte Luna.

„Das ist ja gemein." Erin war entrüstet. „Aber wir könnten doch Freundinnen sein, auch wenn wir nicht auf dieselbe Schule gehen, oder?"

Luna nickte begeistert. Normalerweise war sie zu schüchtern, um sich schnell mit jemandem anzufreunden. Aber bei Erin fühlte sie sich gar nicht schüchtern. Normalerweise trifft man neue Freundinnen ja auch nicht mitten in der Nacht, nachdem man gerade herausgefunden hat, dass man eine Sternenstaub-Elfe ist, dachte sie.

„Stell dir vor", plapperte Erin weiter, „wenn du die Sternenstaub-Worte heute Nacht nicht noch mal gesagt hättest, dann wärst du vielleicht ewig keine Sternenstaub-Elfe geworden. Was für ein Glück, dass du es ausgerechnet heute noch mal versucht hast."

„Das war nicht nur Glück", gab Luna zu. „Jemand hat mir gesagt, dass ich es tun soll." Hastig erzählte sie Erin alles, was an diesem Tag passiert war.

„Wow!“, flüsterte Erin nur, als Luna fertig war.

„Weißt du vielleicht, was da los ist?“, wollte Luna wissen. „Hat das alles mit den Sternenstaub-Elfen zu tun?“

„Keine Ahnung“, antworte Erin. „Xanthe hat nie etwas von Pferden in den Wolken erwähnt. Aber wenn du möchtest, frage ich sie.“

„Ja, bitte“, meinte Luna. „Ich habe Jo und ihre Großtante durch den Stein schauen lassen, aber sie haben nur Wolken gesehen. Die Pferde waren aber da. Sie waren *echt*. Und der Hengst, mit dem ich gesprochen habe, der ist auch echt."

„Und es klingt, als sei er in Schwierigkeiten." Erin runzelte die Stirn. „Soll ich dir helfen, ihn zu finden?"

Luna fiel ein Stein vom Herzen. „Das wäre wunderbar! Ich weiß allerdings nicht genau, wo er ist. Er hat mir gesagt, ich würde ihn in der Nähe vom Ende der Welt finden. In meinem Traum habe ich ihn in einem Wald gesehen. Es gab da noch einen Stall, auf dessen Dach eine Wetterfahne in Form eines schwarzen Pferdes angebracht war."

„Wir brauchen einen Plan." Erin dachte nach. „Wie wäre es damit: Wir fliegen heute Nacht herum und suchen nach einem Stall mit dieser Wetterfahne. Wenn wir keinen finden, dann suchen wir morgen weiter. Wir sollten meine Mutter und deine Stiefmutter irgendwie zusammenbringen, damit wir uns tagsüber auch treffen können. Überrede doch deine Stiefmutter, morgen noch einmal deine Tante zu besuchen. Wir könnten uns so gegen zwei am Strand verabreden und so tun, als hätten wir uns zufällig kennengelernt. Dann stellen wir meine Mutter deiner Stiefmutter vor und fragen, ob du mit zu mir kommen kannst. Mum und ich wollen morgen eine Reitschule suchen, wo ich anfangen kann. Du könntest uns ja begleiten, dann können wir gleichzeitig nach einem Stall mit diesem Wetterpferd Ausschau halten. Was meinst du?“

„Klingt super!“ Luna gefiel der Gedanke, mehr Zeit mit Erin zu verbringen. „Ich gehe morgen reiten. Ich mag nämlich Pferde auch sehr gern. Nachmittags habe ich aber nichts vor.“

In diesem Moment war in der Ferne Donnergrollen zu hören, und ein paar dicke Regentropfen fielen vom Himmel.

„Sieht aus, als käme ein Sturm.“ Luna beobachtete, wie dunkle Wolken über den Himmel fegten.

„Bei einem Gewitter sollten wir besser nicht fliegen“, meinte Erin besorgt. „Vielleicht suchen wir jetzt doch nicht, sondern treffen uns einfach morgen wieder?“

Luna nickte. „Prima. Also bis morgen um zwei.“

„Und dann versuchen wir, diesen Stall mit der schwarzen Wetterfahne zu finden!“

„So machen wir es. Tschüss dann“, rief Luna und flog in die Luft.

„Luna!“, rief Erin ihr hinterher. Luna drehte sich um.

„Um dich zurückzuverwandeln, musst du dreimal hintereinander ‚*Sternenstaub, hinfort*‘ sagen“, erklärte Erin. „Sonst bleibst du eine Sternenstaub-Elfe, bis die Sonne aufgeht!“

„Danke!“, rief Luna.

„Und erzähl niemandem davon, dass du eine Sternenstaub-Elfe bist“, warnte Erin. „Du darfst nur mit anderen Elfen darüber sprechen.“

Wie schade! Luna hätte zu gerne Jo oder ihrem Vater davon erzählt, um ihnen zu beweisen, dass es Zauberei wirklich gab. „Okay“, versprach sie. Über ihnen erklang das erste Donnergrollen. „Bis morgen!“, rief sie und flog schnell davon.

5

Der Sturm tobte. Regen prasselte vom Himmel herunter, und es donnerte so laut, dass selbst die Wolken zu erzittern schienen. Es war ganz schön gruselig, durch die Nacht zu fliegen, während Blitze zu Boden zuckten. Als Luna schließlich daheim ankam, klopfte ihr das Herz bis zum Hals. Außerdem war sie völlig durchnässt. Bevor sie das Haus durch die Hintertür betrat, flüsterte sie schnell die Worte, die Erin ihr gesagt hatte: „*Sternenstaub, hinfort!*“

Sie wiederholte sie drei Mal, bis sie schließlich von Kopf bis Fuß ein Gefühl der Schwere überlief. Luna schloss kurz die Augen. Das nasse graue Kleid hatte sich zurück in ihr Nachthemd verwandelt, das zum Glück trocken war. Schnell schlüpfte sie nach drinnen.

In ihrem Zimmer sah Luna auf den Wecker. Es

war drei Uhr morgens. Sie war zwei Stunden weg gewesen!

Sie trocknete sich mit einem Handtuch die Haare und kroch ins Bett. Was für ein wunderbarer Tag! Vielleicht ein bisschen beängstigend, aber unglaublich toll! Draußen blitzte es taghell, und kurz drauf krachte der Donner los. Doch Luna war von den vielen Erlebnissen des Tages so erschöpft, dass sie sofort einschlief.

Als sie am nächsten Morgen aufwachte, sah sie durch den offenen Vorhang, dass der Sturm sich gelegt hatte und die Sonne vom wolkenlosen Himmel schien.

Luna lag im Bett und dachte über die vergangene Nacht nach. War das alles wirklich passiert? Ihr Blick fiel auf das Handtuch am Boden, mit dem sie sich ein paar Stunden zuvor die Haare getrocknet hatte. Ein Grinsen breitete sich auf ihrem Gesicht aus. Ja, es war kein Traum gewesen. Sie war tatsächlich eine Sternenstaub-Elfe! Und sie hatte Erin wirklich getroffen!

Luna sprang aus dem Bett. Sie hatte damit gerechnet, nach so wenig Schlaf müde zu sein. Stattdessen stellte sie überrascht fest, dass sie vor Energie strotzte. Vielleicht hat es mit der Magie zu tun?, dachte sie. Sie schaute aus dem Fenster. Die Strahlen der Morgensonne glitzerten in den Wasserpfützen am Boden. Im Stall würde es heute sehr matschig sein, aber wenigstens schien die Sonne.

Beim Gedanken an den Tag wurde Luna ganz aufgeregt. Vormittags Reitstall, und dann würde sie Erin wiedersehen, falls sie Jo dazu überreden konnte, mit ihr nach Long Medlow zu fahren. Sie konnte es kaum erwarten!

Jo hatte nichts dagegen, Tante Alice schon wieder zu besuchen. Und so rannte Luna um fünf vor zwei den Pfad entlang, der zum Strand führte. Sie sprang dabei über die vielen Pfützen, die der Sturm der vergangenen Nacht hinterlassen hatte. Sie bemerkte den erstaunten Blick einer Möwe, die sie dabei beobachtete. Als sie oben auf den Klippen um die Ecke bog, sah sie Erin ein Stück weiter vorn. „Erin!“, rief sie. „Warte!“

Erin drehte sich um. Einen Moment lang fühlte Luna die übliche Schüchternheit. Das andere Mädchen sah so ungewohnt aus in ihren Alltagskleidern – grüne Shorts und ein T-Shirt. Würde sie genauso nett sein wie letzte Nacht?

Sie hätte sich keine Sorgen zu machen brauchen. Erin lächelte fröhlich.

„Hallo, Luna!“, rief sie und kam auf Luna zugerannt. „Wie schön, dass du gekommen bist! Meine Mutter holt mich hier in einer Viertelstunde ab. Wir können so tun, als hätten wir uns gerade erst kennengelernt!“

Gemeinsam liefen sie Richtung Strand. „Pass auf“, warnte Luna, als Erin sich an den Abstieg machte. „Es sieht heute ziemlich rutschig aus.“

„Das Gewitter gestern dauerte ja ewig, oder?“, meinte Erin, als sie vorsichtig zum Strand hinunter kletterten. „Der Bach, der durch Long Medlow fließt, war heute Morgen über die Ufer getreten. Die ganze Straße stand unter Wasser."

„Jos Tante Alice, die hier schon ihr ganzes Leben wohnt, hat erzählt, dass es mal so viel geregnet hat, dass zwei große Flüsse über die Ufer traten. Es hat damals ganze Häuser weggespült, sogar Menschen und Tiere sind dabei gestorben."

Erin fröstelte. „Ich hoffe, das passiert nie wieder." Sie sah hinauf in den Himmel. Dicke graue Wolken waren aufgezogen. „Hast du zufällig deinen Zauberstein dabei?"

„Ja", erwiderte Luna. „Willst du ausprobieren, ob du die Wolkenpferde auch sehen kannst?" Sie holte den Stein aus der Tasche und sah durch das Loch in die Wolken. Die Pferde waren so deutlich zu erkennen wie am Tag zuvor.

„Vielleicht kannst du sie sehen, weil du eine Sternenstaub-Elfe bist? Dann müsste es bei mir auch klappen", überlegte Erin. „Vielleicht gehört das zur Sternenstaub-Welt."

Daran hatte Luna noch gar nicht gedacht. „Hier, probier's aus!"

Erin hielt den Stein vors Auge und runzelte die Stirn. „Nein“, meinte sie nach einer Weile. „Ich sehe nichts.“

Luna seufzte und nahm den Stein wieder an sich. „Ich frage mich, warum nur ich sie sehen kann.“

„Keine Ahnung. Ich habe Xanthe heute Morgen deswegen eine E-Mail geschickt. Sie hat noch nicht geantwortet“, meinte Erin. „In der Zwischenzeit suchen wir wohl am besten nach diesem Pferd, das heißt zuerst diesen besonderen Stall.“

Luna nickte. „Ich hoffe, deine Mutter hat nichts dagegen, dass ich heute Nachmittag mitkomme.“

Lunas Sorgen waren unbegründet. Als Nicky, Erins Mutter, an den Strand kam, freute sie sich zu sehen, dass Erin eine neue Freundin gefunden hatte. Luna führte die beiden zum Haus von Tante Alice. Dort stellte sie sie Jo und ihrer Tante vor.

Jo und Nicky verstanden sich auf Anhieb. Sie quatschten munter drauflos und beschlossen schließlich, dass Luna den Rest des Tages mit Erin verbringen durfte.

Sie schauten sich gemeinsam verschiedene Reitställe an. Das machte wirklich viel Spaß, doch Luna und Erin waren trotzdem enttäuscht, dass keiner von ihnen ein schwarzes Pferd als Wetterfahne auf dem Dach hatte.

Als sie wieder daheim bei Erin waren, spazierten sie noch einmal oben an den Klippen entlang.

„Was machen wir denn jetzt?“, wollte Erin wissen. „Wir haben alle Reitställe in der Umgebung abgeklappert, aber keiner hat eine Wetterfahne wie der in deinem Traum. Er muss wohl irgendwo weiter weg liegen.“

„Aber der Hengst in meinem Traum hat doch gesagt, dass wir in der Nähe vom ‚Ende der Welt‘ suchen sollen und …“ Luna brach ab. „Heh, schau mal da! Pferde!“, rief sie überrascht. Auf einer der Wiesen entlang des Weges weideten zwei Pferde.

Es war ein großer, kräftiger Brauner und ein etwas kleinerer Fuchs, ein Vollblut. Luna und Erin traten an die Hecke. Die beiden Pferde kamen herbei, um sie zu begrüßen. Die Mädchen sahen, dass die Decke des Braunen verrutscht war.

„Meinst du, wir sollten sie wieder festziehen?", fragte Erin.

„Vielleicht ist es besser, wenn wir es den Besitzern sagen", überlegte Luna. „Wahrscheinlich gehört er zu den neuen Leuten in dem Haus da drüben." Sie zeigte auf das Felsenhaus. „Die sind gerade erst eingezogen."

„Ja, sagen wir es lieber den Besitzern", stimmte Erin zu. „Wenn die Decke noch weiter verrutscht, tritt er womöglich drauf."

Luna nickte, und die beiden gingen quer über die Wiese auf das Haus zu. „Früher hat dieses Haus der Familie meiner Mutter gehört", erzählte Luna.

„Wirklich? Es sieht toll aus. Ich wünschte, du würdest jetzt darin wohnen! Das wäre klasse", meinte Erin.

Luna nickte, aber so richtig hörte sie gar nicht zu. Ihre Haut hatte plötzlich angefangen zu kribbeln. Es war ein ganz komisches Gefühl. Als wollte ihr Körper sie vor Gefahr warnen.

Doch Erin schien nichts Seltsames zu bemer-

ken. „Schau, da ist das Tor, das zum Stall führt!" Sie verließ den Trampelpfad und rannte quer über die Wiese.

Immer noch beunruhigt folgte Luna ihr.

Erin wollte gerade das Gatter aufmachen, als sie plötzlich nach Luft schnappte. „Luna! Sieh nur!", flüsterte sie und zeigte auf das Stalldach.

Luna folgte ihrem Blick und erstarrte. Auf dem Dach des Stalls befand sich eine Wetterfahne. Sie hatte die Gestalt eines sich aufbäumenden Pferdes!

6

„Sah so die Wetterfahne in deinem Traum aus?“, flüsterte Erin.

„Ja“, keuchte Luna. Sie konnte den Blick nicht von dem schwarzen Pferd mit dem offenen Maul und den bösen Augen wenden. „Ganz genau so!“

„Ob der Hengst dann wohl hier ist?“, flüsterte Erin aufgeregt.

„Hallo.“ Die Mädchen fuhren herum. Eine Frau Mitte dreißig kam auf sie zu. Sie trug dunkelrote Reithosen und ein schwarzes T-Shirt. Ihre Haare hatte sie im Nacken zusammengebunden. „Das hier ist Privatgelände.“ Ihr Ton war unfreundlich.

„Wir sind nur hergekommen, um Ihnen zu sagen, dass die Decke bei einem ihrer Pferde verrutscht ist“, erklärte Erin. „Falls der Braune und der Fuchs auf der Weide Ihnen gehören.“

„Ja, das tun sie.“ Die Frau wirkte ein wenig

freundlicher. „Nun, danke, dass ihr mir das gesagt habt."

„Keine Ursache. Wir mögen Pferde", entgegnete Erin. Sie warf Luna einen Blick zu und wandte sich dann wieder an die Frau. „Haben ... haben Sie noch andere Pferde?"

Luna hielt die Luft an. Doch die Frau schüttelte den Kopf. „Nein, nur diese beiden."

Also keinen weißen Hengst, dachte Luna enttäuscht. Vielleicht waren sie hier doch nicht richtig. Ihre Augen wanderten wieder zur Wetterfahne. Aber das konnte nicht sein! Sie mussten sich genauer umsehen.

Erin schien dasselbe zu denken. „Brauchen Sie vielleicht ein bisschen Hilfe im Stall?", fragte sie. „Ich heiße übrigens Erin, und das hier ist Luna."

„Ich bin Kea", entgegnete die Frau. „Nein, ich brauche keine Hilfe." Sie wollte das Gespräch offensichtlich beenden. „Ich schaue dann gleich nach der Decke. Auf Wiedersehen." Mit diesen Worten drehte sie sich um und machte sich auf den Weg zum Haus.

Luna traute ihren Augen kaum. Sie hatte etwas auf dem Rücken von Keas schwarzem T-Shirt entdeckt. Dicke weiße Haare! Pferdehaare!

Luna griff nach Erins Arm. „Sieh nur! Pferdehaare auf dem T-Shirt!“, zischte sie.

Erin riss die Augen auf. „Weiße Haare! Sie muss also doch noch ein anderes Pferd haben“, flüsterte sie.

Kea drehte sich um und warf ihnen einen kritischen Blick zu. Erin lächelte schnell. „Tschüss!“, rief sie ganz unschuldig. Sie zog Luna schnell in die andere Richtung davon.

„Wir müssen zurück“, protestierte Luna. „Wir müssen den weißen Hengst suchen!“

„Ja, aber nicht jetzt, solange Kea in der Nähe ist“, erwiderte Erin. „Wir suchen später.“

„Später?“, wiederholte Luna.

Erins Augen funkelten vor Begeisterung. „Wenn wir Sternenstaub-Elfen sind natürlich!“

„Ich glaube an Sternenstaub, ich glaube an Sternenstaub“, murmelte Luna an diesem Abend,

nachdem ihre Eltern und Brüder ins Bett gegangen waren. „Ich glaube an Sternenstaub!“

Beim letzten Wort spürte sie, wie sie leicht wurde. Nach einem letzten Blick ins Zimmer flog

Luna durchs offene Fenster und machte sich auf den Weg zu den Klippen. Ihr war ein wenig flau im Magen. Sie wusste, dass sie nach dem Hengst suchen mussten, aber sie hatte Angst, sich nachts auf Keas Hof umzusehen. Was, wenn sie dabei erwischt wurden?

Erin erwartete sie bereits am Strand. Ihr goldenes Kleid glitzerte im Mondlicht. „Hallo“, begrüßte sie ihre Freundin. „Sollen wir gleich los?“

Luna nickte. „Das wird wohl das Beste sein.“

„Mach dir keine Sorgen“, beruhigte Erin sie. „Wir können ja sofort wegfliegen, falls wir jemanden entdecken.“

„Aber was ist, wenn sie uns sehen?“, warf Luna ängstlich ein.

„Wir tarnen uns einfach!“, antwortete Erin. „Alle Sternenstaub-Elfen können sich tarnen. Xanthe hat mir gezeigt, wie es geht. Schau her!“ Sie flog nach oben. „*Camouflagus!*“

Und plötzlich war sie verschwunden!

„Kannst du mich sehen?“, fragte eine Stimme neben Lunas Ohr.

„N... nein“, stammelte Luna.

„Schau genau hin. Hier drüben.“

Luna tat wie befohlen und konnte tatsächlich die Umrisse von Erins Körper ganz blass vor dem Sternenhimmel erkennen. „Ja, jetzt seh ich dich! Aber nur fast! Wie machst du das?“

Erin enttarnte sich wieder. „Das ist ganz einfach. Du musst nur ‚*Camouflagus*‘ sagen, und dann nimmt dein Körper die Farbe des Hintergrunds an. Am besten funktioniert es, wenn man sich dabei bewegt. Außerdem musst du dich ganz fest konzentrieren, sonst lässt die Tarnung nach. Versuch es einfach mal!“

„*Camouflagus!*“, sagte Luna. Sie fühlte absolut nichts. Als sie jedoch an sich hinunterblickte, stellte sie erstaunt fest, dass ihr Körper verschwunden war. Sie war tatsächlich unsichtbar! „Es klappt!“ Sie schoss auf Erin zu, die sich suchend umsah.

„Wo bist du denn?“

„Hier!“, rief Luna und tauchte neben ihr auf.

„Prima!“, meinte Erin grinsend. „Nun können

wir uns beide tarnen, während wir uns bei den Stallungen umsehen."

„In Ordnung." Jetzt, wo sie sich unsichtbar machen konnten, hatte Luna weniger Angst, das Felsenhaus zu erkunden. Sie machten sich auf den Weg in Richtung des Grundstücks. Da fiel Luna wieder ein, dass sie Erin noch etwas fragen wollte: „Letzte Nacht hast du gesagt, dass Sternenstaub-Elfen zaubern können. Was sind denn das noch für Zauber, abgesehen vom Fliegen und Tarnen?"

„Nun, das kommt darauf an, was für eine Art Sternenstaub-Elfe du bist", antwortete Erin. „Es gibt vier Arten von Sternenstaub-Elfen: Sommer-, Herbst-, Winter- und Frühlingselfen. Jede hat ihren Sternenstaub von einem anderen Stern, und jede besitzt entsprechende Zauberkräfte. Ich bin eine Sommerelfe. Deshalb kann ich Dinge erwärmen, und eines Tages kann ich vielleicht auch Feuer entzünden. Xanthe sagt, Winterelfen können es regnen, hageln oder schneien lassen. Frühlingselfen können Pflanzen wachsen lassen und Herbstelfen haben Macht über den Wind."

„Was bin ich denn für eine Elfe?“, wollte Luna sofort wissen.

„Das musst du selbst herausfinden“, erklärte Erin. „Aber sobald das passiert ist, wird sich die Farbe deines Kleides ändern, wenn du dich das nächste Mal in eine Sternenstaub-Elfe verwandelst. Sommerelfen tragen immer Gold, Herbstelfen Silber, Winterelfen Blau und Frühlingselfen Grün.“

Luna überlegte, was für eine Art Elfe sie wohl war und wie sie es herausfinden könnte. Doch sie hatte keine Zeit mehr, weitere Fragen zu stellen, denn das Haus lag direkt vor ihnen. „Wir sind fast da.“

„Dann tarnen wir uns mal besser“, flüsterte Erin.

Beide murmelten „*Camouflagus!*“ und wurden unsichtbar.

Lunas Herz klopfte laut, als sie nach unten flogen. Das Haus und der Stall lagen im Dunkeln. Als sie vor dem Stall landeten, schnaubte drinnen ein Pferd. Luna spürte, dass Erin ihre Hand nahm. Sie gingen zur ersten Box. Darin lag der Fuchs auf einem dicken Bett aus Stroh. In der nächsten Box sahen sie den Braunen, der mit angewinkeltem Hinterbein vor sich hin döste.

Die restlichen drei Boxen waren leer.

„Schauen wir uns noch ein bisschen weiter um“, sagte Luna leise.

Zwischen dem Stall und dem Wäldchen lag eine kleine Scheune. Die Tür war verriegelt. Luna probierte sie zu öffnen, doch der Riegel klemmte. Sie versuchte es mit aller Kraft und vergaß fast, wo sie sich befanden.

„Luna, deine Tarnung!“, zischte Erin.

Da merkte Luna, dass sie sich so auf den Riegel konzentriert hatte, dass ihre Tarnung nachgelassen hatte. Zum Glück war niemand in der Nähe. Nun ja, fast niemand. Bis auf eine schwarze Katze, die zwischen den Bäumen hervorgeschlichen kam. Als die Katze Luna sah, blieb sie abrupt stehen. Ihre grünen Augen schauten überrascht.

„Alles in Ordnung, Miezekatze“, murmelte Luna. „Hab keine Angst.“ Sie ging in die Hocke und streckte die Hand aus. Die Katze jedoch fauchte wütend und schoss davon.

„Das ist aber seltsam“, wunderte sich Luna. „Normalerweise mögen mich alle Katzen.“

„Ja, aber es sind ja nicht alle Katzen gleich“, beruhigte Erin sie. „Komm, lass uns nachsehen, was hier drin ist.“

Luna versuchte erneut, den Riegel zurückzuziehen. Schließlich gab er nach. Drinnen hingen verschiedene Sättel an der Wand. Auf dem Boden standen drei gefüllte Futtereimer für den nächsten Tag. Drei! Luna runzelte die Stirn. Warum brauchte Kea drei Eimer, wenn sie doch nur zwei Pferde hatte?

„He, ihr zwei!“ Eine eisige Stimme durchschnitt die Dunkelheit.

Luna und Erin zuckten erschrocken zusammen.

Kea stand in der Tür. Sie sah jetzt aber ganz anders aus als am Nachmittag. Ihre Reithosen waren verschwunden. Stattdessen trug sie ein mitternachtsblaues Kleid und einen schwarzen Umhang. In einer Hand hielt sie einen Gegenstand, doch Luna konnte nicht genau erkennen, was es war. „Sternenstaub-Elfen!“, rief Kea. Dabei funkelten ihre Augen böse, fast schon gierig.

„Schnell, Luna! Weg hier!“, rief Erin und tarnte sich im selben Atemzug.

Kea versuchte sie aufzuhalten, doch Erin war schneller. Sie schoss an Kea vorbei und konnte entkommen.

Plötzlich stand Luna alleine da.

Kea streckte ihre offene Hand aus, wobei die Handfläche nach oben zeigte. „Komm her!“ Sie schloss die Hand und führte sie zur Brust.

Luna wurde plötzlich wie von unsichtbaren Kräften zu ihr gezogen. Sie schrie auf.

„Luna, komm schnell!“, hörte sie Erin rufen.

„Was machen Sie mit mir?“, keuchte Luna. Sie versuchte, sich zu befreien, doch es war unmöglich. Ein Zauber hielt sie fest. „Lassen Sie mich los!“

„Noch nicht.“ Keas Augen wurden zu Schlitzen. „Du und deine Freundin seid hier bei mir eingedrungen. Bestimmt als eine Art Mutprobe, um

die Pferde zu sehen. Das wirst du wiedergutmachen – mit deinem Sternenstaub!“ Sie hob den anderen Arm, und auf einmal konnte Luna sehen, was sie da in der Hand hatte. Es war eine Glaskugel, die voller schimmernder Staubpartikeln zu sein schien.

Luna wusste nicht, wozu das gut sein sollte. Doch als Kea die Kugel in Richtung ihres Kopfes senkte, überkam Luna plötzlich schreckliche Angst. „Nein!“, rief sie.

7

Luna rechnete fest damit, dass die Kristallkugel sie jeden Moment am Kopf treffen würde. Doch dann schoss plötzlich ein glühender Feuerball durch die Luft und fiel auf Keas Umhang.

Der schwarze Stoff fing sofort Feuer. Luna spürte, dass Keas Fesselzauber sich löste.

Sie zögerte keine Sekunde. „*Camouflagus!*“, flüsterte sie. Rasch flog sie in die Luft und zur Tür hinaus.

„Halt!“, rief Kea. Doch es war zu spät! Luna war frei.

„Schnell, komm!“ Luna spürte, wie Erin ihre Hand packte und sie fortzog. Luna warf einen Blick zurück. Kea schien zu zögern und zu überlegen, ob sie die Mädchen aufhalten sollte, doch die Flammen breiteten sich aus. Sie streifte den Umhang ab und versuchte, das Feuer zu löschen.

Luna und Erin flogen davon so schnell sie konnten. Sie hielten erst an, als sie den Strand erreichten. Luna war völlig außer Atem, und ihr Herz klopfte wie wild. Erin erging es nicht anders. „Oh, Luna“, schnaufte sie. „Ich dachte, sie würde dieses Glasteil nach dir werfen!“

„Dachte ich auch!“ Luna holte zitternd Luft. „Aber du hast sie aufgehalten! Du hast einen Feuerball auf sie geschleudert!“

„Ich weiß.“ Erin wirkte völlig verstört. „Das habe ich vorher noch nie gemacht. Ich konnte höchstens Dinge aufwärmen. Ich habe einfach nur versucht, ihren Umhang zum Rauchen zu bringen oder etwas in der Art. Irgendwas, um sie abzulenken. Und dann flog dieser Feuerball plötzlich aus meinen Fingerspitzen, als ich auf sie gezeigt habe.“

„Das war meine Rettung.“ Luna fröstelte.

Erin nickte. „Kea muss eine Hexe sein oder so etwas. Ich werde Xanthe morgen anrufen und ihr davon erzählen. Mal sehen, was sie sagt.“ Sie schluckte. „Ich habe ehrlich gesagt keine Lust auf noch mehr Zauberei heute.“

„Ich auch nicht." Lunas Knie zitterten immer noch. „Sollen wir einfach nach Hause fliegen?"

Erin nickte. „Oh, Luna, ich bin so froh, dass wir flüchten konnten. Da geht irgendetwas Seltsames vor sich."

„Ich weiß", meinte Luna nachdenklich. „Na ja, bis morgen dann."

Erin winkte ihr zum Abschied und flog davon.

In dieser Nacht hielt Luna den Zauberstein beim Schlafen fest umklammert. Im Traum sah sie den weißen Hengst und wie er sich aufbäumte. Kea riss an dem Seil um seinen Hals. Rote Striemen wurden darunter sichtbar. Der Hengst schlug mit den Hufen nach der Frau, und Luna hörte ihn wiehern: *Komm schnell, Wetterzauberin!* Die Worte hallten in ihrem Kopf wider.

Luna wachte auf. Als sie sah, dass Tageslicht zwischen ihren Vorhängen ins Zimmer fiel, atmete sie tief durch. Es hatte sich so echt angefühlt, aber es war bloß ein Albtraum gewesen. Luna sah Kea vor sich, mit gierig funkelnden Augen, die

Hand mit der Glaskugel ausgestreckt. Das wiederum war kein Albtraum gewesen. Luna überlief ein Frösteln. Das war wirklich passiert!

Um zehn stand Erin mit ihrer Mutter bei Luna vor der Tür. „Ich habe mit Xanthe gesprochen“, flüsterte Erin ihrer Freundin zu, während Nicky Jo in die Küche folgte, um einen Kaffee zu trinken. „Ich habe sie heute Morgen angerufen.“

„Und was hat sie gesagt?“

Erin wirkte recht besorgt. „Das erzähle ich dir, wenn wir alleine sind.“

Die beiden Mädchen rannten nach oben und schlossen sich in Lunas Zimmer ein.

„Und?“, wollte Luna wissen. Sie setzte sich aufs Bett.

„Xanthe meint, dass Kea wohl eine Elfe der Dunkelheit ist.“

„Was ist eine Elfe der Dunkelheit?“, fragte Luna.

„So heißen mächtige Sternenstaub-Elfen, die sich auf die Seite des Bösen geschlagen haben. Sie rauben Sternenstaub von anderen Sternenstaub-Elfen.“

„Was?“ Luna starrte sie entgeistert an.

Erin nickte. „Dazu benutzen sie Kristallkugeln – genau wie die, die Kea letzte Nacht hatte. Wenn sie eine normale Sternenstaub-Elfe erwischen, halten sie die Kugel gegen deren Stirn. Dann sagen sie einige Zauberworte und klauen damit der Elfe ihren Sternenstaub. Wenn der Sternenstaub sich in der Glaskugel befindet, können die dunklen Elfen ihn für sich benutzen.“

„Das also wollte Kea tun! Ich dachte, sie wollte mich damit treffen.“

„Nein, sie wollte deinen Sternenstaub stehlen. Wenn sie es geschafft hätte, hättest du dich nie wieder in eine Sternenstaub-Elfe verwandeln können.“ Erin schluckte. „Xanthe sagt, wir müssen sehr vorsichtig sein. Wir dürfen nicht wieder in Keas Nähe kommen. Und wenn wir als Sternenstaub-Elfen unterwegs sind, sollen wir uns erst recht vor ihr in Acht nehmen.“

„Aber was ist mit dem Hengst?“, fragte Luna zögerlich. „Ich bin sicher, dass er irgendwo in der Nähe ihres Hauses ist.“

„Dazu konnte Xanthe nichts sagen. Sie hatte gerade erst meine E-Mail gelesen, in der ich ihr erzählt habe, dass du Pferde in den Wolken siehst. Aber sie sagt, es gibt tatsächlich Wolkenpferde am Himmel. Sie kümmern sich um das Wetter. Nur einige wenige Sternenstaub-Elfen können sie sehen. Man nennt sie …" Erin zögerte. „Man nennt sie Wetterzauberer."

„Aber genau so nennt mich das Pferd immer!", rief Luna.

Erin nickte. „Xanthe sagt, sie weiß nicht viel über Wetterzauberer. Sie hat nur gehört, dass sie zaubern, indem sie die Magie aus den Sternen mit der Magie von Zaubersteinen kombinieren. Sie sprechen mit den Wolkenpferden und helfen dabei, das Wetter im Gleichgewicht zu halten. Xanthe hat versprochen, dass sie versuchen wird, noch diese Woche mehr herauszufinden. Sobald sie kann, wird sie uns besuchen. Bis dahin sollen wir gut auf uns aufpassen und nichts wegen des Pferdes unternehmen."

„Aber ich kann nicht einfach nichts machen",

protestierte Luna. Sie dachte wieder an ihren Traum. „Der Hengst braucht meine Hilfe. Ich muss ihn finden!“

Erin zögerte kurz, dann nickte sie. „Gut. Wir suchen weiter. Auch wenn wir dafür zu Keas Haus zurückmüssen.“

„Du ... du musst aber nicht mitkommen“, meinte Luna schwach.

Erin zog die Augenbrauen hoch. „Du glaubst doch nicht etwa, dass ich dich alleine losziehen lasse? Auf keinen Fall.“ Sie legte einen Arm um Luna. „Wir machen das gemeinsam. Heute Nacht fliegen wir wieder hin!“

8

Kurz vor Mitternacht trafen sich Luna und Erin am Strand. Doch bevor sie sich auf den Weg zum Felsenhaus machten, wollte Luna unbedingt herausfinden, welche Art Sternenstaub-Elfe sie war. Sie hatte den ganzen Tag darüber nachgedacht.

„Ich bin mir sicher, ich bin eine Winterelfe“, sagte sie. „Ich weiß nicht, warum, aber es fühlt sich einfach so an.“

„Dann versuch doch mal einen Winterzauber“, schlug Erin vor. „Dazu sagst du ‚Regen, komm herbei‘, um es regnen zu lassen, und ‚Regen, hinfort‘, damit es wieder aufhört. Das Wichtigste ist, dass du wirklich daran glaubst, dass du es kannst. Das ist beim Zaubern *immer* wichtig.“

„In Ordnung.“ Luna war ganz aufgeregt. „Ich probier’s.“ Sie sah nach oben zu den Sternen. „*Regen, komm herbei!*“, flüsterte sie.

Ein Kribbeln durchlief ihren Körper. Es wanderte vom Kopf durch ihre Arme und schien plötzlich aus ihren Fingerspitzen zu explodieren. Luna hielt überrascht die Luft an, als sich eine kleine Regenwolke an der Stelle bildete, auf die sie zeigte. Dicke Regentropfen fielen herunter und platschten in den Sand.

„Wow!", meinte Erin erfreut. „Du hast es geschafft! Du bist tatsächlich eine Winterelfe!"

Luna sah die Regenwolke an. Sie überlegte, ob sie die Wolke vielleicht sogar bewegen konnte. Links, links, dachte sie. Sie wollte die Wolke ein Stück von sich und Erin wegschieben. Die Wolke gehorchte ihr brav. Luna war begeistert.

„*Regen, hinfort!*", befahl sie mit strenger Stimme. Die Regenwolke verschwand sofort.

„Das war echt cool!", freute sich Erin. „Du hattest recht. Du bist eine Winterelfe. Dann wird dein Kleid morgen blau sein, wenn du dich in eine Sternenstaub-Elfe verwandelst."

„Wie das von Kea“, meinte Luna langsam. „Sie ist wohl auch eine Winterelfe.“

Die beiden Mädchen flogen schweigend zum Haus oben auf den Klippen. Wieder war alles dunkel, doch Luna wusste, dass das nichts zu bedeuten hatte. Kea konnte irgendwo drinnen oder draußen unterwegs sein.

„Hier entlang“, flüsterte sie und flog auf die Bäume zu. Sie bemühte sich sehr, sich auf ihre Tarnung zu konzentrieren. „Ich glaube, er ist hier im Wald. In meinem komischen Traum stand er nahe bei einer Lichtung.“

Als sie über den Stall hinwegflogen, hielten sie beide erschrocken mitten im Flug inne, weil sie unter sich etwas erspäht hatten.

Kea ging auf die Bäume zu. Ihr blaues Kleid bauschte sich um sie herum im Wind.

„Was machen wir denn jetzt?“, flüsterte Luna.

„Ich werde sie ablenken“, flüsterte Erin zurück. Sie schoss davon.

„Erin! Sei vorsichtig!“, zischte Luna. Sie hatte

auf einmal einen Kloß im Hals. Was hatte Erin bloß vor?

Erschrocken stellte Luna fest, dass Erin vor dem Nachthimmel plötzlich sichtbar wurde. „Komm schon, Luna!“, rief sie. Aber sie schaute dabei gar nicht zu Luna, sondern in die entgegengesetzte Richtung. Dann tat Erin so, als würde sie Kea entdecken. „Oje!“, rief sie erschrocken.

„Ihr zwei schon wieder!“, rief Kea wütend.

Für einen kurzen Moment sah Luna Erins Umrisse, bevor ihre Freundin Richtung Meer davonsauste. Kea nahm die Verfolgung auf.

Lunas Herz klopfte wild. Doch sie wusste, sie musste die Gelegenheit nutzen, die Erin ihr verschafft hatte. Schnell flog sie weiter und sah auch schon die Lichtung vor sich. Halb hinter den Bäumen versteckt befand sich eine Art Scheune. Sie hatte eine Holztür und ein kleines Fenster. Luna hörte ein Wiehern aus dem Inneren. Sie rannte darauf zu. Hastig schob sie den Riegel zurück und zog die Tür auf. In der Scheune war es dunkel. Etwas bewegte sich.

„Wetterzauberin. Du bist gekommen."

Als die Gestalt ins Licht trat, stockte Luna der Atem. Vor ihr stand der Hengst, den sie in ihren Träumen gesehen hatte!

Er machte einen Schritt auf Luna zu. Sein Körper war strahlend weiß, nur die Fesseln waren dunkelgrau. Um seinen Hals hing ein schwarzes Seil, das unter seiner dichten silbernen Mähne gerade noch zu erkennen war. Luna starrte ihn an.

Der Hengst senkte den Kopf in ihre Richtung. Automatisch streckte Luna ihm die Hand hin. Er schnaubte sanft und hob dann sein weiches Maul auf die Höhe ihres Gesichtes.

„Ich heiße Thor", sagte er. Seine Lippen bewegten sich dabei nicht, und trotzdem konnte Luna jedes seiner Worte ganz deutlich hören. „Ich bin der Anführer der Wolkenpferde, die für das Wetter an dieser Küste zuständig sind."

„Warum hast du nach mir gerufen?", wollte Luna wissen.

„Weil ich deine Hilfe brauche", erklärte der Hengst. „Ich muss dorthin zurück, wo ich hinge-

höre. Wenn ich sie nicht anführe, sind sich die Pferde im Himmel nie einig. Die jungen Hengste werden darum kämpfen, wer der nächste Anführer wird. Damit wird Chaos ausbrechen. Die Stürme haben bereits begonnen. Sie werden nur noch schlimmer werden, falls ich nicht schnell zu meinem Platz im Himmel zurückkehre."

Luna warf einen raschen Blick auf die offene Tür. „Dann schnell! Lauf davon!"

„Das kann ich nicht." Wut flackerte in Thors Augen auf. „Das Seil um meinen Hals ist kein gewöhnliches. Die dunkle Frau hat es aus Magie gemacht und dazu benutzt, mich hier in diese Welt zu bringen. Hier soll ich ihr gehorchen. Ein Wolkenpferd mit königlichem Blut kann das Wetter kontrollieren, auch wenn es nicht in den Wolken ist. Sie dachte, dass ich ihre Wünsche erfüllen würde. Ich lasse mir jedoch nichts befehlen." Der Hengst stampfte zornig mit dem Vorderhuf auf. „Ich werde ihr nicht gehorchen! Aber solange das Seil um meinen Hals liegt, kann ich auch nicht fliehen."

„Dann nehme ich es dir schnell ab, warte.“ Luna trat auf den Hengst zu.

Thor zuckte zurück. „Nein!“

Aber es war zu spät. Luna hatte die Hand bereits um das Seil geschlossen. Es verbrannte ihre Finger wie glühende Flammen. Mit einem Aufschrei zog sie die Hand zurück.

An den Stellen, wo ihre Finger das Seil berührt hatten, waren sie ganz rot. Da erst bemerkte sie die Wunden unter Thors langer Mähne, wo das Seil seine Haut berührte. Ihr Traum, in dem sie die Verletzungen an seinem Hals gesehen hatte, war also echt gewesen.

Schnell trat Thor vor und schnaubte sanft auf ihre Finger. Luna hatte das Gefühl, als würden Schneeflocken auf ihre Haut fallen. Das Brennen ließ nach. Erstaunt sah sie ihn an.

„Das Seil besteht aus einem Fesselzauber und kann durch nichts anderes als Magie entfernt werden“, erklärte der Hengst ihr leise. „Deshalb habe ich dich um deine Hilfe gebeten, Wetterzauberin.“

„Warum ... warum nennst du mich immer so?", hauchte Luna.

Thor sah sie aufmerksam an. „Ich nenne dich Wetterzauberin, weil du eine bist. Es liegt dir im Blut. Deshalb konnte ich deine Anwesenheit spüren, als du zum ersten Mal durch den Stein geschaut hast. Und deshalb konntest du mich rufen hören."

„Aber ich habe schon so oft durch die Löcher in Steinen geschaut und noch nie Pferde in den Wolken gesehen."

„Wetterzauberer müssen normalerweise zuerst in eine Art Dämmerzustand sinken, bevor sie Wolkenpferde sehen. Aber ich vermute, dass die Schranken zwischen dieser Welt und meiner geschwächt wurden, weil die dunkle Macht mich hierhergebracht hat. Und so kannst du die Pferde im Moment bereits sehen, wenn du einfach nur durch einen Zauberstein schaust."

„Dann ist Kea also auch eine Wetterzauberin?", fragte Luna.

„Eine schwarze", antwortete Thor. „Normalerweise arbeiten die Wetterzauberer friedlich mit den Wolkenpferden zusammen. Es geht darum, das Wetter in verschiedenen Regionen im Gleichgewicht zu halten. Sie jedoch will nur mehr Macht dadurch gewinnen, das Wetter kontrollieren zu können." Plötzlich hob er den Kopf. „Schnell! Ich spüre Gefahr in der Luft."

„Erin!" Lunas Magen krampfte sich zusammen. „Sie ist vielleicht in Schwierigkeiten. Ich muss ihr helfen, aber dir möchte ich auch helfen. Wie kann ich dich befreien?"

Thor sprach rasch: „Du brauchst den Zauberstein, den die dunkle Elfe benutzte, um das Seil zu formen. Drei ihrer Haare werden darum geflochten sein. Bring mir diesen Stein zusammen mit einem aus Ackerwinden geknüpften Seil. Das muss lang genug sein, damit du einen Kreis legen kannst, in dem du Platz zum Sitzen hast. Dann werde ich dir sagen, mit welchem Zauber du das Seil zerstören kannst." Er wieherte und schüttelte seine Mähne. „Geh jetzt, Wetterzauberin. Ich glaube, deine Freundin braucht dich!"

Luna rannte zur Tür. „Ich werde diese Sachen finden und so bald wie möglich zurückkommen“, versprach sie. Dann sauste sie hinauf in den Himmel. In ihrem Kopf überschlugen sich die Gedanken. Allerdings hatte sie jetzt keine Zeit, über all die Dinge nachzudenken, die Thor gesagt hatte. Es ging jetzt nur um eines: Sie musste Erin finden!

So schnell sie konnte, flog sie über den Stall und das Haus zum Meer. In diese Richtung hatte sie Erin vorhin davonfliegen sehen. Wo war sie bloß? Es waren inzwischen bestimmt zehn Minuten vergangen, seit sie Kea weggelockt hatte.

Als Luna die Klippen erreichte, sah sie Kea und Erin sofort. Erin wirkte, als sei sie mitten im Flug erstarrt. Ihre Augen bewegten sich, doch der Rest ihres Körpers war absolut reglos.

Im Mondlicht konnte Luna erkennen, wie Kea die Hand ausstreckte, genau wie sie es bei Luna in der Nacht zuvor getan hatte. Mit einem höhnischen Lachen zog die dunkle Elfe Erin zu sich.

Luna tat das Einzige, was ihr einfiel. *„Regen, komm herbei!“*, rief sie.

Eine Welle der Magie durchströmte sie. Als Kea herumfuhr, hatte sich bereits eine Regenwolke zwischen Luna und ihr gebildet. Luna schob die Wolke mit der Kraft ihrer Gedanken weiter. Ehe

Kea sich's versah, hing die Wolke über ihr. Dicke Regentropfen prasselten herunter. Sie schnappte erschrocken nach Luft.

Luna konnte über Keas Schulter hinweg sehen, dass Erin vom Zauberbann befreit war. Da nun Keas Aufmerksamkeit abgelenkt war, hatte auch die Magie nachgelassen, mit der sie Erin in der Luft gefesselt hatte. Luna sah, wie Kea die Hände hob, um die Regenwolke zu vertreiben. Da erinnerte sich Luna plötzlich an etwas. Winterelfen können es regnen, hageln und schneien lassen, hatte Erin gesagt.

„Hagel, komm herbei!", rief Luna.

Die Wassertropfen der Wolke verwandelten sich sofort in dicke Hagelkörner. Kea stolperte vor Schreck und fiel dabei hin.

Aus dem Augenwinkel konnte Luna sehen, dass Erin unsichtbar wurde. Es war Zeit zu fliehen!

„Camouflagus!", flüsterte sie und verschwand ebenfalls. Sie sauste davon. Sie hatte keine Ahnung, wie lange der Hagel andauern würde, wenn sie nicht mehr da war, aber sie wollte keinesfalls

warten, bis Kea sich aufgerappelt hatte und die Verfolgung aufnahm.

Sie wusste, dass Erin zum Strand flüchten würde. Als sie die Kante der Klippen erreichte, sah sie auch schon die Umrisse ihrer Freundin vor dem Nachthimmel. Luna legte einen Zahn zu, um sie einzuholen. „Ich bin hier!“, schnaufte sie. „Bleib getarnt. Wir müssen weg hier, falls sie uns verfolgt! Lass uns zu euch in den Garten fliegen! Da findet sie uns nicht!“

„Gute Idee“, zischte Erin zurück.

Sie hielten erst an, als sie bei Erin zu Hause waren. Erst dann fühlte sich Luna wieder halbwegs sicher. Sie landeten neben einer Holzbank und gaben ihren Tarnzauber auf.

„Wir sind entkommen“, meinte Luna erleichtert.

„Aber nur gerade so“, erwiderte Erin.

„Was ist denn passiert?“, wollte Luna wissen. „Wie hat Kea dich eingefangen?“

„Ich habe es geschafft, ihr zu entwischen. Sie hat mich verfolgt, aber ich konnte immer weit genung weg bleiben. Doch dann habe ich meine Tarnung nur für einen Augenblick verloren. Und sobald sie mich sehen konnte, rief sie ‚*Bindet sie!*‘ oder etwas in der Art. Da konnte ich mich nicht mehr bewegen. Dann warst plötzlich du da.“ Erin umarmte ihre Freundin. „Oh, Luna, ich bin so froh, dass du gekommen bist!“

„Ich auch!“, seufzte Luna erleichtert.

„Hast du das Pferd gefunden?“, fragte Erin.

Luna nickte. „Es ist in einer alten Scheune beim Wald. Erin, es ist unglaublich schön. Es sieht aus wie ein richtiges Pferd, aber das ist es nicht. Es ist ein Wolkenhengst! Der Anführer der Wolkenpferde!“ Schnell berichtete sie Erin alles, was Thor ihr erzählt hatte. „Ich habe ihm versprochen, dass wir die Sachen bringen, die er für den Zauber braucht“, erklärte sie zum Schluss. „Je früher wir dieses Seil um seinen Hals zerstören, umso schneller kann er in die Wolken zurückkehren.“

„Ich schätze mal, dazu müssen wir in Keas Haus“, meinte Erin.

Sie sahen sich an. Luna konnte deutlich erkennen, dass Erin dieser Gedanke genauso wenig gefiel wie ihr.

Aber wir müssen Thor helfen, dachte sie. Was auch immer dazu nötig ist. Wir müssen es einfach tun!

Als Luna in dieser Nacht nach Hause kam, öffnete sie den Deckel der Schachtel mit den Zaubersteinen und nahm einen von ihnen heraus. Sie erinnerte sich nach und nach an Thors Worte: *Es liegt dir im Blut.*

Wenn ihr Wetterzauberei im Blut lag, hieß das dann, dass ihre Mutter auch eine Wetterzauberin gewesen war?

Luna sah die Steine mit den verschiedenen Löchern und Formen an. Sie hatte immer gedacht, ihre Mutter hätte die Steine nur gesammelt, weil sie ungewöhnlich waren. Aber vielleicht hatte sie sie ja zum Zaubern benutzt? Das war ein seltsamer Gedanke. Man hatte ihr viele Sachen über ihre Mutter erzählt — wie sie aufgewachsen war und ihren Vater an der Universität kennengelernt hatte. Dass sie eine Ausbildung zur Lehrerin machen wollte, als Luna in die Schule kam, aber dass sie dann bei einem Autounfall starb. Luna hatte ein Bild von ihrer Mutter im Kopf, wie sie gewesen war. Doch jetzt war da diese riesengroße Extrasache. Ihre Mutter war vielleicht eine Wetterzauberin gewesen …

Luna rieb sich die Stirn. Fragen, Ängste und Zweifel purzelten in ihrem Kopf durcheinander.

Ach, Mama, dachte sie sehnsüchtig. Ich wünschte wirklich, du wärst jetzt hier!

9

Tags darauf besuchte Erin Luna im Reitstall. Ihre Stiefmutter hatte Jackie, die Besitzerin, angerufen und gefragt, ob Erin auch Stunden nehmen konnte. Nicht nur das, sie durfte sogar wie Luna im Stall aushelfen. Dafür gab es dann kostenlose Reitstunden.

Obwohl sie immer wieder daran dachten, was sie in der nächsten Nacht erwartete, hatten Luna und Erin einen schönen Tag. Erin schloss schnell Freundschaften. Schon nach ein paar Stunden hätte keiner mehr gedacht, dass sie neu im Stall war.

„Das war klasse!“, meinte Erin strahlend, als sie und Luna auf dem Zaun saßen und darauf warteten, abgeholt zu werden. „Die Ponys hier sind toll, und alle scheinen echt nett zu sein. Na ja, abgesehen von Fran und Katie.“

Fran und Katie, Lunas ehemalige beste Freundinnen, waren nicht sonderlich begeistert von dem neuen Stallmitglied gewesen. Noch dazu schien die Neue sofort bei allen beliebt zu sein. Sie hatten Erin und Luna den ganzen Tag über nicht beachtet, aber ausnahmsweise war Luna das völlig schnuppe gewesen. Sie hatte im Moment wirklich andere Sorgen. Zum Beispiel würden sie und Erin in ein paar Stunden versuchen, in Keas Haus zu gelangen und nach dem Zauberstein suchen. Darauf freute Luna sich ganz und gar nicht.

Als Luna sich in dieser Nacht in eine Sternenstaub-Elfe verwandelte, war ihr Kleid blau – wie das Blau des Himmels. Es glitzerte vor Sternenstaub und sah aus, als wäre es mit tausenden kleiner Diamanten besetzt. Luna wirbelte herum. Sie war begeistert! Schnell machte sie sich auf zum Treffpunkt mit Erin. Zusammen flogen die beiden zum Felsenhaus. In einem der Zimmer im Erdgeschoss brannte Licht.

„Sieh nur!“, flüsterte Luna. „Vielleicht ist Kea da.“

Sie tarnten sich und flogen vorsichtig näher ans Haus heran. Das erleuchtete Fenster stand leicht geöffnet, und die Vorhänge waren nicht zugezogen.

Kea saß an einem großen Holztisch gegenüber vom Fenster. Sie las aufmerksam in einem alten, in Leder gebundenen Buch.

„Doch wenn einer willig kommt“, las sie laut vor. Sie runzelte nachdenklich die Stirn. „Doch wenn einer willig kommt“, wiederholte sie, „wird die Macht des Dunklen wachsen.“

Luna erstarrte. Warum klangen diese Worte irgendwie vertraut?

„Es muss gar nicht er sein“, murmelte Kea vor sich hin. „Ich brauche bloß einen mit königlichem Blut …“ Plötzlich blitzten ihre Augen auf. „Natürlich! Ja … das könnte funktionieren!“

Rasch stand sie auf und lief aufgeregt aus dem Zimmer.

„Was war das denn?“, flüsterte Erin verwundert.

„Keine Ahnung.“ Luna hatte ein ungutes Gefühl.

Beide zuckten erschrocken zusammen, als plötzlich die Haustür aufging und Kea herauskam. Doch sie flog davon, ohne sich umzusehen. Ihr dunkelblaues Kleid funkelte im Sternenlicht.

„Schnell! Schauen wir uns im Haus um, bevor sie zurückkommt!“, zischte Erin.

Luna zögerte. „Das ist wie ein Einbruch."

„Ich weiß", bestätigte Erin. „Aber du willst doch Thor helfen, oder?"

Luna nickte. „Ja, natürlich."

„Dann müssen wir diesen Stein finden. Wir nehmen ja sonst nichts mit."

Luna holte tief Luft. „In Ordnung." Es gefiel ihr zwar nicht, aber sie hatten wohl keine andere Wahl.

„Wo sollen wir anfangen?", fragte sie, als die beiden durchs Fenster ins Haus flogen.

„Ich weiß nicht", flüsterte Luna. Obwohl Kea nicht da war, hatte sie das Bedürfnis, so leise wie möglich zu sein. Es kam ihr irgendwie so vor, als würde das Haus sie beobachten.

Sie sahen sich im Zimmer um. Die Regale und Tische waren voller seltsamer Dinge – alte Bücher, ein Silberkelch, eine graue Feder und ein Stück goldene Kordel.

„Schau mal, da!" Erin stand vor einem altmodischen Schreibpult in einer Ecke. Darauf lagen zehn Zaubersteine in verschiedenen Formen und

Größen. Luna kam schnell herbei. Vielleicht würde ja einer davon der Stein sein, den sie suchten.

Aber keiner von ihnen war mit Haaren umwickelt.

„Vielleicht ist er ja da drin.“ Vorsichtig öffnete Erin das Schreibpult. Innen gab es viele kleine Fächer und Schubladen.

Lunas Blick fiel auf eine Kiste im untersten Fach. Sie erinnerte sie an die Kiste ihrer Mutter. Zumindest sah es so aus, als wäre sie aus dem gleichen dunklen Holz gemacht. Allerdings war diese Kiste viel kleiner. Luna nahm sie heraus und öffnete den Deckel.

„Erin!“, hauchte sie. „Sieh nur!“

In der Kiste lag auf grünem Samt ein grauer Zauberstein mit einem einzigen Loch. Durch die Mitte waren drei lange dunkle Haare mehrfach herumgewickelt.

„Du hast ihn gefunden!“, flüsterte Erin aufgeregt.

Luna nahm den Stein mit leicht zitternden Fingern heraus. „Es ist genau so, wie Thor gesagt hat.

„Nimm den Stein, und lass uns verschwinden", drängte Erin.

„Aber wir können die Kiste doch nicht einfach leer lassen", widersprach Luna. „Wenn Kea nachsieht, wird sie merken, dass ihn jemand gestohlen hat. Dann wird sie sich schon denken, dass derjenige die Fessel um Thors Hals zerstören will."

„Aber was sollen wir denn machen?"

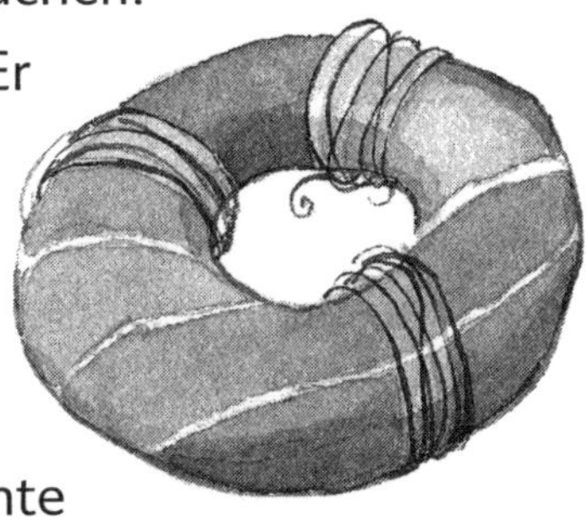

Luna schaute den Stein an. Er glich auffallend dem, den sie neulich am Strand gefunden hatte. Seither trug sie ihn immer bei sich. Aber sie brauchte ihn ja eigentlich nicht. Sie konnte die Wolkenpferde auch durch einen anderen Stein mit einem einzigen Loch in der Mitte sehen. Luna holte den Stein aus der Tasche. Er sah dem von Kea wirklich sehr ähnlich. Rasch zupfte Luna sich drei Haare vom Kopf und wickelte sie um den Stein.

„Phantastisch!", meinte Erin begeistert. „Jetzt sieht es aus wie ihr Stein!"

„Vielleicht merkt sie ja dann nicht, dass er verschwunden ist." Luna legte den Stein in die Kiste und steckte den von Kea in die Tasche. Mehr brauchten sie hier nicht. „Komm, schnell", meinte sie unruhig. „Lass uns verschwinden!"

Sie flogen aus dem Fenster. Luna konnte kaum glauben, dass sie den Stein hatten. Nun brauchten sie nur noch die Ackerwinden, dann konnten sie den Zauber vollbringen.

„Lass uns noch schnell Thor besuchen", sagte sie.

Als sie die Scheune erreichten, öffnete Luna die Tür. Thor kam auf sie zu, und Luna merkte, dass Erin vor Staunen der Mund offen stehen blieb.

„Das hier ist Erin, meine Freundin", sagte sie schnell. Thor wieherte leise.

„Hallo", stammelte Erin.

„Erin hat mir geholfen", erklärte Luna. „Wir haben den Zauberstein!"

Thors Augen leuchteten auf. „Jetzt brauchen wir bloß noch das Seil aus Ackerwinden."

„Bei uns im Garten wächst jede Menge Ackerwinde“, erzählte Erin, die sich wieder gefasst hatte. „Mein Vater hat sich erst neulich darüber beschwert. Ich bin sicher, es gibt genug, um ein Seil zu knüpfen.“

„Kommt morgen“, drängte Thor. „Bringt die Ackerwinde und den Zauberstein mit. Dann sage ich euch, wie der Entfesselungszauber geht.“

„Der Entfesselungszauber?“, wiederholte Luna mit großen Augen.

Thor wirkte ernst. „Es ist einer der schwersten Zauber überhaupt, schwierig und gefährlich.“

Luna merkte, dass Erin sie ansah.

„Das ist schon in Ordnung, es macht mir nichts aus“, sagte sie schnell. Sie versuchte, tapfer zu klingen, obwohl es ihr vor Angst den Magen zusammenzog. „Was ... was muss ich denn tun?“

„Das sage ich dir morgen. Aber nun müsst ihr gehen. Kea könnte zurückkommen.“

„Gut, aber ...“ Luna konnte die Frage nicht zurückhalten, die sie seit der letzten Nacht beschäftigte. „Kann ich dich etwas fragen? Du hast gesagt, ich hätte Wetterzauberei im Blut. Heißt das, dass meine Mutter auch eine Wetterzauberin war?“

Thor nickte. „Und deine Großmutter, und deine Urgroßmutter. Wetterzauberei wird immer von der Mutter an die Tochter vererbt.“ Er stupste sie mit seinem Maul. „Ihr müsst gehen. Es ist zu gefährlich hier. Aber kommt morgen nach Mitternacht wieder.“

Luna und Erin verließen die Scheune und schlossen das Tor hinter sich.

Lunas Gedanken überschlugen sich. Ihre Vermutung stimmte also – ihre Mutter war auch eine Wetterzauberin gewesen. Und nicht nur ihre Mutter! Es kam ihr so vor, als würde sich plötzlich die ganze Vergangenheit verändern. Sie war Teil von etwas, von dem sie nichts geahnt hatte. Aber jetzt war nicht genug Zeit, um darüber nachzudenken. Erins Gesicht glühte nach der Begegnung mit dem Wolkenhengst.

„Thor ist phantastisch!“, strahlte sie. „Oh, Luna, wir müssen ihn morgen befreien.“

Luna schob alle Gedanken an ihre Familie zur Seite. „Das werden wir", sagte sie entschlossen. „Und wir lassen uns durch nichts davon abhalten."

„Nicht einmal von Kea!", bekräftigte Erin.

Luna lief es beim Gedanken an die dunkle Elfe kalt den Rücken runter. „Nein!", bestätigte sie. „Nicht einmal von Kea."

10

Als Luna nach Hause kam, legte sie Keas Zauberstein aufs Fensterbrett. Doch irgendwie fühlte es sich komisch an, die darumgewickelten Haare zu sehen. Sie fröstelte. Schnell deckte sie den Stein mit einem Buch zu und nahm einen anderen Zauberstein aus ihrer Kiste. Sie sah durch das Loch hindurch in die Wolken.

Die Pferde bewegten sich unruhig am dunklen Nachthimmel. Sie bäumten sich auf und warfen die Köpfe hin und her. Als immer mehr von ihnen anfingen herumzugaloppieren, hörte Luna entferntes Donnergrollen. Da braute sich ein Sturm zusammen.

Plötzlich fiel Lunas Blick auf eine seltsame Wolke. Sie war fast kreisrund und hatte in der Mitte ein Loch. Irgendwie erinnerte sie Luna an den runden Felsen vom „Ende der Welt". Ein Fohlen stand davor und starrte auf das Loch. Bei seinem Anblick musste Luna an Thor denken, denn es hatte den gleichen stolz gebogenen Hals, die dunkel eingerahmten Augen, die aufmerksam gespitzten Ohren. Es schien fast, als könnte es in dem Loch etwas sehen. Was auch immer es war, es gefiel ihm offensichtlich nicht. Es schüttelte den Kopf und schlug aufgeregt mit dem Schweif. Luna hatte den Eindruck, als würde es etwas sehen, das es sehr beunruhigte.

Eine Stute kam angetrabt. Sie war schneeweiß und wunderschön. Ihre dunklen Augen glänzten. Schweif und Mähne waren lang und seidig. Das Fohlen stupste sie aufgeregt an. Auch sie sah durch das Wolkenloch und rieb dann ihre Nase an seiner. Doch das beruhigte das Fohlen nicht. Irgendetwas schien es sehr aufzuwühlen. Luna fragte sich, was das wohl sein könnte. Aber wie sollte sie das herausfinden? Seufzend senkte sie den Zauberstein. Das Fohlen sah Thor sehr ähnlich. Vielleicht war es sein Sohn?

Ich werde Thor helfen, zu dir zurückzukommen, versprach sie und hielt den Zauberstein dabei fest in der Hand. Egal wie schwierig es ist, ich werde den Entfesselungszauber ausüben, damit er in den Himmel zurückkehren kann.

„Rate mal, wer heute angerufen hat!“, rief Erin, sobald ihre Mutter das Auto am Reitstall geparkt hatte. Erin schien vor Neuigkeiten fast zu platzen. „Wer denn?“, fragte Luna neugierig.

Erin schlug die Autotür hinter sich zu und wartete, bis ihre Mutter abgefahren war. „Xanthe! Ich habe ihr erzählt, was passiert ist – die ganze Geschichte mit Thor und Kea. Und sie hat versprochen, dass sie heute Abend kommt und bei uns übernachtet. Dann kann sie uns begleiten und helfen, Thor zu befreien!“

Luna spürte eine Welle der Erleichterung.

„Und es wird noch besser: Ich habe meine Mutter gefragt, ob du zum Abendessen kommen und bei mir übernachten darfst. Sie hat Ja gesagt. Sie ruft jetzt gleich Jo an, um es mit ihr abzusprechen.“

„Super!“ Luna hätte ihre Freundin am liebsten umarmt. „Das ist genial!“

Sobald Luna und Erin an diesem Nachmittag bei Erin zu Hause ankamen und Luna ihre Tasche abgestellt hatte, liefen sie in den Garten, um die Ackerwinden zu suchen.

„Hier sind sie.“ Erin zeigte auf eine Pflanze mit weißen, trompetenartigen Blüten und dunkelgrünen Blättern im hinteren Teil des Gartens. „Ich habe meinem Vater gesagt, ich brauche sie für ein Schulprojekt. Er meinte, ich soll so viel pflücken, wie ich will!“

Die Mädchen versuchten, ein paar Pflanzen abzureißen, aber das war gar nicht so leicht. Also holten sie sich Handschuhe und eine Gartenschere. „Wir brauchen so viel, dass wir ein Seil knüpfen können. Das muss so lang sein, um damit einen Kreis zu legen, in dem jemand sitzen kann“, wiederholte Luna noch einmal Thors Anweisungen.

Als sie genug abgeschnitten hatten, machten

sie sich daran, die längsten Stücke aneinanderzuknoten, bis das Seil ungefähr vier Meter lang war.

Sie waren gerade fertig, als Erins Vater in der Hintertür auftauchte. „Erin, Xanthe ist da!“, rief er.

Schnell liefen die Mädchen zur Haustür, wo bereits Erins Mutter stand. Luna sah eine Frau mit langen, welligen Haaren aus dem Auto steigen. Sie war schlank und hatte funkelnde blaue Augen und ein nettes Lächeln.

Nachdem sie Nicky begrüßt hatte, wandte sie

sich an die Mädchen. „Hallo, Erin!“ Sie nahm ihre Patentochter in den Arm und lächelte dann Luna an. „Und du musst Luna sein.“

Luna nickte schüchtern. Es war irgendwie seltsam, eine Erwachsene zu treffen, die ebenfalls eine Sternenstaub-Elfe war. Und zwar eine richtige, keine dunkle Elfe wie Kea.

Xanthe beugte sich zu ihr herunter und murmelte leise: „Wir reden später.“

Als sie Luna in die Augen sah, war Luna sich plötzlich sicher, dass sie Xanthe sehr mögen würde.

Es schien eine halbe Ewigkeit zu dauern, bis sie und Erin Xanthe endlich für sich allein hatten. Zuerst trank Xanthe mit Erins Eltern Kaffee. Sie hatte ihnen ein besonderes Geschenk mitgebracht: Karten fürs Theater am selben Abend und dazu einen Gutschein für eine anschließende Übernachtung in einem der besten Hotels.

„Aber wir können doch nicht einfach gehen!“, protestierte Nicky. „Was ist mit Erin und Luna?“

„Um die kann ich mich doch kümmern“, meinte Xanthe. „Ich weiß, wie nötig ihr beide ein bisschen Erholung habt. Außerdem ist nächste Woche euer Hochzeitstag. Da dachte ich, es wäre ein ideales Geschenk vorab."

„Das ist wirklich wunderbar! Vielen Dank!" Erins Eltern strahlten.

Als Xanthe nach oben ging, um auszupacken, hatten Erin und Luna endlich die Gelegenheit, mit ihr zu reden. Sobald sie im Gästezimmer standen, schloss Xanthe die Tür.

„Nun, ihr zwei. Da scheint ja eine Menge los zu sein", meinte sie. „Hatte ich euch nicht gesagt, dass ihr euch von der dunklen Elfe fernhalten sollt?"

„Ja, ich weiß", sagte Erin etwas kleinlaut. „Es tut mir wirklich leid, Xanthe, aber …"

„Wir konnten es einfach nicht", mischte Luna sich ein. „Es war nicht Erins Schuld. Ich habe gesagt, ich würde versuchen, Thor zu finden – den Wolkenhengst –, egal, ob sie mitkommt oder nicht. Sei also nicht böse mit Erin."

Xanthes Miene verwandelte sich in ein Lächeln. „Schon in Ordnung, Luna. Ich bin nicht böse. Alexa, meine Tochter, hätte genau das Gleiche getan. Ich hätte wissen müssen, dass Erin und du nicht auf mich hören würdet. Du bist also eine Wetterzauberin? Und du musst einen Entfesselungszauber machen?“

Luna nickte. „Weißt du, was ich dazu tun muss? Thor hat es mir nicht gesagt. Er meinte nur, es sei schwierig und ... und gefährlich.“

Xanthe nahm Lunas Hände. „Ich weiß leider auch nicht mehr darüber. Fesselzauber und Entfesselungszauber mithilfe der Steine können nur Wetterzauberer. Ich werde versuchen, euch Kea vom Hals zu halten, damit du Zeit hast, den Zauber auszuführen. Weiß sie, dass du eine Wetterzauberin bist und dass du Thor getroffen hast?“

„Nein“, antwortete Luna. „Sie weiß nur, dass wir Sternenstaub-Elfen sind.“

„Gut.“ Xanthe wirkte erleichtert. „Dann rechnet sie nicht damit, dass du ihn befreien willst. Ich werde alles tun, was ich kann, um sie abzulenken. In der Zwischenzeit kannst du den Zauber ausführen. Erin, du bleibst bei Luna, falls sie Hilfe braucht. In Ordnung?"

Erin und Luna atmeten tief durch. „Ja, alles klar."

In dieser Nacht zeigten Erin und Luna Xanthe den Weg zum Felsenhaus. Erin trug das Seil aus Ackerwinde und Luna den Zauberstein.

„Das ist ein seltsamer Name für ein Haus", meinte Xanthe nachdenklich, als sie näher kamen. „Und du sagst, es hat früher deiner Familie gehört, Luna?"

Luna nickte. „Ja. Bis meine Oma gestorben ist."

„Vielleicht heißt es so, weil man von den Felsen Ausschau nach gefährlichem Wetter gehalten hat", schlug Erin vor.

„Oder vielleicht ging es eher um gefährliche Elfen wie Kea?", meinte Xanthe.

Luna bekam eine Gänsehaut. Es war ein seltsamer Gedanke, dass ihre Vorfahren vielleicht in der Vergangenheit gegen dunkle Elfen gekämpft hatten.

Im Haus brannte in mehreren Zimmern Licht. „Sieht aus, als wäre Kea zu Hause", sagte Xanthe leise. „Zeigt mir, wo Thor ist. Aber vorher sollten wir uns tarnen."

Sie flogen zum Wald hinter dem Stall. Luna trat an die Tür der Scheune. „Thor?", flüsterte sie. „Ich bin's!"

Drinnen ertönte ein leises Wiehern. Dann hörte sie die Stimme des Hengstes in ihrem Kopf. „Luna! Du bist gekommen."

„War Kea heute schon bei dir?", fragte Luna.

„Nein, noch nicht", antwortete Thor. „Das sieht ihr gar nicht ähnlich. Gestern ist sie auch nicht gekommen. Ich fürchte, sie heckt etwas aus."

Luna öffnete die Tür. Sie spürte einen Luftzug neben sich, und für einen kurzen Moment wurden Erin und Xanthe sichtbar.

„Das hier ist Xanthe", erklärte Luna. „Sie ist Erins Patentante. Sie wird uns helfen, Kea abzulenken."

Thor senkte leicht den Kopf. „Ich grüße dich, Sternenstaub-Elfe."

„Es ist mir eine Ehre, Wolkenhengst“, entgegnete Xanthe leise. Sie sah Luna an. „Luna, du bleibst hier. Erin und ich gehen nachsehen, ob Kea im Haus ist. Falls ja, werde ich Erin zu dir zurückschicken. Du musst, so schnell es geht, mit dem Zauber anfangen.“ Sie drückte Lunas Hand. „Ich weiß, du schaffst das. Denk immer daran: Das Wichtigste beim Zaubern ist, fest dran zu glauben, dass du es kannst. Viel Glück!“ Erin und sie flogen davon.

Als Luna nun mit Thor alleine war, wurde sie plötzlich schüchtern.

„Entfesselungszauber sind schwer auszuführen. Du musst dazu deine Fähigkeiten als Wetterzauberin benutzen. Du lässt dich dabei auf eine Vision ein, eine Art Traum, der dir so echt vorkommt wie die Wirklichkeit. Dort musst du die Fesseln lösen. Wenn es dir nicht gelingt, wirst du nicht mehr in die echte Welt zurückkehren.“

„Oh.“ Luna schluckte schwer.

Thor schnaubte sanft auf ihre Hände. „Du musst das nicht tun, Luna.“

Ein Kribbeln durchlief Luna vom Kopf bis zu den Zehenspitzen. Thor hatte zum ersten Mal ihren Namen gesagt. „Doch, ich werde es machen.“ Vorsichtig streckte sie ihre Hand aus und berührte seinen Hals.

Der Hengst sah ihr in die Augen. Dann legte er sachte sein Maul auf ihre Schulter. Luna stand ganz still und spürte seine Mähne an ihrer Wange.

Während sie so dastanden, erinnerte Luna sich an das, was sie nachts zuvor beobachtet hatte. „Ich habe gestern Nacht etwas Seltsames in den Wolken gesehen.“ Sie berichtete Thor von der Wolke mit dem Loch in der Mitte und dem aufgeregten Fohlen.

„Ein Wolkenzauberstein“, sagte Thor. „So reden Wetterzauberer normalerweise mit uns. Sie zaubern Bilder in einen Zauberstein auf der Erde, und wir können diese Bilder dann in einem Wolkenzauberstein sehen. Wie sahen die anderen beiden Pferde aus?“

„Das Fohlen sah aus wie du. Es war nur etwas dunkler. Und dann war da noch eine wunderschöne Stute. Ich glaube, es war die, die sonst immer die anderen anführt."

„Mein Sohn Mistral und meine Leitstute Alrun", sagte Thor. Er schien unruhig. „Ich frage mich, was sie wohl in dem Wolkenzauberstein gesehen haben."

Auf einmal tauchte Erin vor der Scheune auf. „Kea ist im Haus, und Xanthe ist bei ihr", berichtete sie atemlos. „Sie hat gesagt, wir können mit dem Zauber beginnen!"

Luna war plötzlich schrecklich aufgeregt. Der große Moment war gekommen. Nun gab es kein Zurück mehr!

11

Thor war mit einem Satz aus der Scheune heraus. „Wo sollen wir den Zauber abhalten?", rief Luna und flog ihm hinterher.

„Im Wald." Thor galoppierte auf die Lichtung, wo Luna ihn das erste Mal gesehen hatte. „Wir wissen nicht, wie viel Zeit wir haben. Legt den Kreis, so schnell ihr könnt", drängte er.

Erin und Luna legten mit dem aus Ackerwinde geknüpften Seil rasch einen Kreis und banden die beiden Enden aneinander.

„Was nun?" Luna richtete sich auf.

Thor stampfte mit dem Huf auf. „Als Erstes musst du einen Faden aus dem Zauberfesselseil ziehen ..."

„Aber dann werde ich mir doch wieder die Finger verbrennen, oder?", wandte Luna ein.

Thor nickte langsam. „Ja, leider, aber das ist die

einzige Möglichkeit. Sobald du den Faden hast, nimmst du ihn mit in den Windenkreis. Du setzt dich hin und wickelst den Faden um den Zauberstein. Wenn er ganz aufgewickelt ist, löst du die drei Haare, ohne sie abzureißen. Sobald sich das letzte Haar löst, wirst du eine Vision haben. In dieser Vision geht der Ackerwindenkreis in Flammen auf. Lass dich davon nicht verunsichern, und wickle den Faden vom Stein wieder ab. Dabei sagst du die ganze Zeit folgenden Zauberspruch: *Entbinde, löse dich, befreie so den Gefesselten.* Wenn du den Faden vollständig gelöst hast, endet deine Vision. Aber sei vorsichtig." Thors Stimme wurde eindringlich. „Wenn dir auch nur ein einziges Wort außer dem Zauberspruch über die Lippen kommt, wirst du in der Vision gefangen sein. Du darfst nur die Zauberworte sagen!"

Luna war ganz schwindelig. „In Ordnung." Sie spürte Panik in sich aufsteigen. Wie sollte sie sich das bloß alles merken? „Entbinde, löse dich, befreie so den Gefesselten", wiederholte sie, um sich die Zauberworte einzuprägen.

Thor nickte. „Sobald du mit dem Zauber begonnen hast, darfst du ihn auf keinen Fall unterbrechen. Wenn du das tust, kann die Fessel nie mehr gelöst werden. Verstehst du das?“

„Ja.“ Lunas Mund war ganz trocken, und ihr Herz pochte.

Thor stupste sie sanft an. „Dann nutze deine Magie, Wetterzauberin. Hole sie dir aus dem Himmel und dem Zauberstein.“

„Viel Glück“, flüsterte Erin.

Luna atmete tief durch. Sie trat einen Schritt vor und griff nach einem losen Faden des Seils um Thors Hals. Sofort spürte sie einen brennenden Schmerz. Erschrocken schnappte Luna nach Luft.

Während sie versuchte, den Schmerz nicht zu beachten, zog sie an dem Faden. Er löste sich aus dem Seil. Luna trat damit in den Kreis und setzte sich hin.

Einen Augenblick lang sah sie nach oben. Magie durchströmte sie, und dabei ließ der Schmerz in ihren Fingern ein wenig nach. Schnell begann Luna, den Faden durch den Zauberstein zu fädeln.

Er schnitt in ihre Finger, doch es brannte nicht mehr so sehr.

Als sie das letzte Stückchen Faden aufgewickelt hatte, verknotete sie die Enden. Dann fing sie an, die Haare um den Stein eines nach dem anderen zu lösen. Schließlich kam sie zum dritten Haar. Das magische Kribbeln wurde stärker und die Welt um sie herum schien zu verschwimmen. Aus dem Augenwinkel sah Luna, dass die Blüten der Ackerwinde sich aufrichteten. Sie leuchteten seltsam. Als Luna das letzte Haar vom Stein löste, ging der Kreis aus Ackerwinde plötzlich in Flammen auf.

Erschrocken schrie Luna auf. Flammen umringten sie. Es ist nur eine Vision, dröhnte es in ihrem Kopf. Es ist nicht echt.

Aber es fühlte sich echt an. Sie konnte die Hitze der Flammen spüren. Luna griff nach dem Faden und versuchte, ihn wieder vom Stein abzuwickeln. Es fiel ihr jedoch schwer, sich zu konzentrieren. Sie konnte den Blick nicht von den Flammen wenden. Sie waren näher gekommen!

Benutze deine Zauberkräfte, schien Thors Stimme in ihren Ohren zu hallen.

Luna sah zum Himmel hinauf. Die Sterne leuchteten hell, Punkte des Lichts und der Hoffnung. Ihre Angst ließ nach. Sie fing an, den Faden abzuwickeln. „*Entbinde, löse dich, befreie so den Gefesselten*“, flüsterte sie. Sie spürte die Hitze auf ihren Wangen, doch sie zwang sich dazu, nicht darauf zu achten.

„*Entbinde, löse dich, befreie so den Gefesselten.*“ Sie hatte es fast geschafft. Der Faden brannte sich wieder in ihre Finger, heißer und immer heißer.

„*Entbinde, löse dich.*“ Ihre Stimme wurde lauter, während sie sich bemühte, den Schmerz auszublenden. „*Befreie so den Gefesselten!*“

Mit dem letzten Wort erreichte sie das Ende des Fadens. Ein weißes Licht blitzte auf. Luna hatte das Gefühl zu fallen. Plötzlich saß sie wieder auf dem Waldboden. Sie konnte Erin sehen, deren Augen vor Sorge weit aufgerissen waren. Sie sah Thor, der seine ganze Aufmerksamkeit auf sie ge-

richtet hatte. Sie hatte es geschafft. Die Vision war verschwunden!

Doch auf einmal explodierte der Windenkreis um sie herum – der echte aus dem Ackerwindenseil.

„Wirf den Faden ins Feuer, Luna!", ertönte Thors Stimme. „Benutze deine Magie, um das Feuer zu löschen!"

Luna warf den Faden in die Flammen. Sofort flackerte das Feuer auf.

„*Regen, komm herbei!*", rief sie.

Eine Sekunde später prasselte Regen herunter und löschte das Feuer. Lunas Herz klopfte laut. Sie betrachtete den Kreis aus verkohltem Gras und einigen wenigen übrigen Ackerwindenblättern. Erin und sie sahen sich an.

Im selben Moment erklang ein triumphierendes Wiehern. Luna fuhr herum. Thor bäumte sich hoch auf.

„Das Seil!", krächzte Luna. „Es ist fort!"

„Du hast den Zauber gebrochen!", jubelte Thor. „Ich bin frei!"

Sofort vergaß Luna den Schmerz in ihren Fingern und sprang auf. Da war auch schon Erin bei ihr und umarmte sie. „Ist alles in Ordnung? Ich bin so froh, dass du in Sicherheit bist. Es war schrecklich, als du diese Vision hattest. Ich wusste gar nicht, was passiert, und dann das Feuer …"

Thor machte einen Satz auf sie zu, dabei schien er sich zu verändern. Die Umrisse seines Körpers verschwammen. Er wurde größer und größer. Er war nicht länger ein Hengst aus Fleisch und Blut, sondern vielmehr aus wirbelndem Nebel. Seine Muskeln glichen Wolkenbergen, seine Mähne und sein Schweif glitzerten wie Schneekristalle in der Sonne.

„Was passiert mit dir?", rief Luna erschrocken.

„Das ist meine wahre Wolkenform!", erwiderte Thor.

Er erreichte die beiden und schrumpfte dabei auf seine ursprüngliche Größe zurück. Doch die Umrisse seines Körpers blieben verschwommen. Er wirkte fast durchsichtig. „Nun, da das Fesselseil verschwunden ist, kann ich mir aussuchen, welche Form ich annehme – die eines echten Pferds oder eines Wolkenpferdes. Oh, Wetterzauberin …" Er senkte den Kopf und berührte mit der Nase Lunas Stirn. „Danke."

„Gern geschehen", murmelte Luna. Ihre Haut schien dort, wo er sie berührte, vor Kälte zu kribbeln. Sie streckte die Hand nach seinem Hals aus. Es war, als würde man eisigen Nebel anfassen. Er war da, aber irgendwie doch nicht da.

„Ich muss nun in mein Königreich zurückkehren", sagte Thor. „Du musst den Durchgang für mich öffnen – das Tor zwischen dieser Welt und der Wolkenwelt. Es befindet sich am ‚Ende der Welt'."

„Ist das der Fels, der aussieht wie ein Zauberstein?", fragte Luna.

„Der Fels, der ein Zauberstein ist", erwiderte Thor nickend.

„Dann nichts wie hin!" Luna flog los. Doch in diesem Moment erschien eine Gestalt in einem silbernen Kleid zwischen den Bäumen. Sie hielt sich den Kopf und wirkte blass.

„Xanthe!“, rief Luna. „Ist alles in Ordnung?“

„Es geht schon, mach dir keine Sorgen“, beruhigte sie Xanthe. „Ist Kea hier?“

„Nein. Wir dachten, sie ist bei dir“, antwortete Erin.

„Das war sie auch“, erwiderte Xanthe. „Doch dann ist sie verschwunden. Ich habe versucht, sie aufzuhalten, aber ihre Magie war zu stark.“ Xanthes Blick fiel auf Thor. „Das Fesselseil!“, rief sie. „Es ist weg. Du hast es geschafft!“

„Ja, und nun werde ich den Durchgang am ‚Ende der Welt‘ öffnen, damit Thor in die Wolken zurückkehren kann“, erklärte Luna.

„Lasst uns hier nicht auf Kea warten“, drängte Erin.

Xanthe nickte. „Ja. Das Wichtigste ist jetzt, Thor in den Himmel zurückzubringen.“

Sie flogen aus dem Wald hinaus. Thor galoppierte unter ihnen. Über ihnen funkelten die Sterne am samtschwarzen Himmel. Der Mond war rund und voll.

„Was ist denn im Haus passiert?“ Erin flog

schneller, um nicht hinter Xanthe zurückzufallen. Ein sanfter Nachtwind wehte und ließ ihre Kleider im Flug flattern.

„Zuerst habe ich wie geplant unter irgendeinem Vorwand mit Kea geredet. Das ging auch eine ganze Zeit lang gut. Doch dann wurde sie ungeduldig. Sie sagte, sie müsste noch weg“, antwortete Xanthe. „Sie wollte, dass ich gehe. Als ich das nicht tat, hat sie es mit einem Fesselzauber versucht. Ich war aber darauf vorbereitet und habe stattdessen sie gefesselt. Doch sie konnte sich befreien und hat mich mit einer Windbö gegen die Wand gedrückt. Bis ich draußen war, war sie verschwunden."

„Ich frage mich, wo sie wohl ist." Luna sah sich um. Sie rechnete fast damit, dass Kea gleich auf sie zugeflogen käme. Doch der Himmel blieb leer und still. Unheimlich still, dachte Luna. Ein mulmiges Gefühl beschlich sie.

Sie erreichten die Klippen. Die drei Felsen vor der Landzunge hoben sich deutlich vom Nachthimmel ab. Die zwei hohen zeigten nach oben wie Finger. Durch das Loch des Zaubersteins schien Mondlicht. Es ließ die großen und kleinen Kieselsteine im Sand glänzen.

Das Ende der Welt, dachte Luna. Ihr wurde klar, wie treffend dieser Name war: Es handelte sich um den Ort, wo eine Welt aufhörte und eine andere begann. Hatten das die Menschen gewusst, die dem Ort diesen Namen gaben? Welche Ereignisse hatten sich hier wohl in der Vergangenheit bereits abgespielt.

„Was müssen wir tun, um den Durchgang zu öffnen? Was ..."

Luna brach erschrocken ab. Hatte sie da nicht eben eine Bewegung wahrgenommen? Eine Gestalt mit dunklem Umhang und Kapuze trat aus den Schatten des riesigen Zaubersteines hervor. Es war Kea!

12

„Was geht hier vor?“ Kea schien völlig überrascht. Ihr Blick wanderte zu Thors Hals. „Das Fesselseil!“, rief sie ungläubig.

„Ja!“, erwiderte Thor kämpferisch. „Es ist zerstört.“

Keas Blick kehrte zu Luna in ihrem glitzernden blauen Kleid zurück. Ihre Augen weiteten sich. „Du? Ja.“ Sie nickte langsam und musterte Luna von oben bis unten. „Jetzt verstehe ich.“

„Luna ist eine Wetterzauberin“, erklärte Xanthe. Sie trat vor und schob sich damit ein wenig vor Luna. „Sie hat den Entfesselungszauber vollbracht. Du hast keine Macht mehr über den Wolkenhengst.“

Luna wurde stocksteif. Sie hatte erwartet, dass Kea wütend werden würde. Doch zu Lunas großem Erstaunen starrte die dunkle Elfe Xanthe nur böse an. „Du bist also bloß gekommen, um mich während des Zaubers abzulenken."

Xanthe sah ihr in die Augen. „So ist es, und es hat funktioniert. Der Hengst wurde befreit und wird nun in den Himmel zurückkehren."

„Wir werden den Durchgang öffnen. Und Sie werden uns nicht davon abhalten!", rief Erin.

Kea zuckte bloß mit den Schultern. „Ich werde euch in der Tat nicht davon abhalten. Um genauer zu sein …", ihre Lippen verzogen sich zu einem Lächeln, „… werde ich ihn sogar für euch öffnen."

„Was?", fragten Luna und Erin im Chor.

Kea drehte sich zum Zauberstein und machte mit ihrer linken Hand eine Kreisbewegung. Dazu murmelte sie ein Wort. Die Luft in der Mitte des Steines begann daraufhin, silbrig zu schimmern.

Kea sah Thor an. „Der Durchgang ist offen, Wolkenhengst. Du kannst zurückkehren, wenn du es wünschst. Ich brauche dich nicht mehr." Sie sah ihn triumphierend an. „Ich habe andere Pläne."

Ein helles Licht blitzte plötzlich auf. Luna schnappte erschrocken nach Luft, als ein Pferd durch das Loch im Zauberstein gesprungen kam. Ein Pferd aus Wolken. Seine Umrisse waren verschwommen, und sein Körper veränderte pausenlos Form und Größe. Doch als er auf dem Kiesstrand landete, erkannte Luna, dass es sich um das Hengstfohlen handelte – Thors Sohn!

Bevor sie noch richtig begriffen, was geschah, trat Kea vor. Sie zog einen Zauberstein aus der Tasche, in dessen Mitte ein anderer Stein steckte. Damit berührte sie den Kopf des jungen Hengstes und murmelte einige Zauberworte. Das Fohlen wieherte erschrocken auf. Doch das Wiehern brach sofort ab. Der Stein schien ihn irgendwie in sich aufzusaugen. Er verschwand in einem Wirbel im Loch des Zaubersteins.

„Seht ihr!“, rief Kea triumphierend.

„Nein!“ Thor bäumte sich auf, seine Augen waren ganz groß vor Angst. Im gleichen Moment streckte Xanthe die Hand aus, um einen magischen Blitz nach der dunklen Elfe zu schleudern. Doch es war zu spät. Kea war mit dem Stein in der Hand bereits verschwunden.

„*Zeige dich!*“, rief Xanthe ihr hinterher. Doch nichts passierte.

Ein kaltes Lachen hallte vom Rand der Klippen über ihnen wider. Sie fuhren herum. Oben stand Kea. Ihr langes Haar wehte im Wind. Sie zeigte auf Xanthe. „*Bindet sie!*“, befahl sie. Xanthe schien wie eingefroren und konnte sich nicht mehr rühren.

Dann wandte sich Kea an Luna. „Du dachtest, du hättest gewonnen, indem du den Fesselzauber brichst. Aber ich brauche den Hengst nicht. Ich brauche nur einen von königlichem Blut, um das Wetter zu beherrschen und meine Macht zu vergrößern. So steht es in den Sternen geschrieben!“ Mit hämischer Miene trug sie folgenden Spruch vor:

Wenn die Dunkle zurückkehrt,
wird sich die Tür ein weiteres Mal öffnen
und alle auf Erden in Schrecken versetzen.
Ist das Band jedoch zerrissen,
werden sie wieder im Schutz sein.
Doch sobald einer sich gefügig zeigt,
wird die Macht des Dunklen wachsen.“

Kea richtete sich zu ihrer vollen Größe auf. „Du hast zwar die Fesseln gebrochen, doch meine Macht ist gewachsen. Genau wie es die Sterne vorhergesagt haben.“ Mit einem weiteren höhnischen Lachen verschwand sie.

Im selben Moment war Xanthe wieder frei.

„Was war denn das?“, stammelte Erin.

Luna brachte kein Wort heraus. Keas Spruch entsprach genau dem Text auf dem Zettel in der Kiste ihrer Mutter. Aber wie konnte das sein?

Xanthe landete neben ihr. „Eine Prophezeiung“, meinte sie grimmig. „Kea muss irgendwie darauf gestoßen sein. Da wurde ihr klar, dass ihre Macht wächst, wenn ein Wolkenpferd freiwillig durch das Tor kommt. Es klingt, als hätte sie Bilder in die Wolkenwelt geschickt. Wahrscheinlich, wie Thor gefangen gehalten wurde. Sie wusste, dass sein Sohn kommen würde, um ihm zu helfen.“

Thor nickte. „Und jetzt ist Mistral ihr Gefangener. Gefangen in einer Steinfalle.“

Erin sah ihn an. „Was wirst du jetzt tun? Wirst du in die Wolkenwelt zurückkehren?“

„Das kann ich nicht“, antwortete Thor. „Die einzige Möglichkeit, Mistral zu befreien, ist, seinen Wolkennamen zu benutzen.“

„Seinen Wolkennamen?“ Erin machte große Augen.

„Wir haben zwei Namen. Den einen benutzen wir, um mit Wetterzauberern zu sprechen, den anderen darf niemand außer den Wolkenpferden erfahren“, erklärte Thor.

„Du könntest ihn doch uns sagen, und dann versuchen wir, Mistral zu befreien“, meinte Erin. „Dann kannst du in die Wolken zurückkehren und dafür sorgen, dass es keine Überschwemmungen und Stürme mehr gibt.“

Thor schüttelte den Kopf. „Der geheime Name eines Wolkenpferdes darf von niemand ausgesprochen werden, der nicht aus der Wolkenwelt stammt. Sonst ist das Wolkenpferd für immer auf der Erde gefangen. Ich kann euch Mistrals Namen nicht sagen.“

„Wir werden dir auf jeden Fall helfen, ihn zu retten“, versprach Luna. Sie ging auf Thor zu und

blickte ihm fest in die Augen. „Wir werden ihn befreien, Thor." Sie blickte auf den riesigen Zauberfelsen – das Tor zu einer anderen Welt. Sie hatte das Gefühl, als könnte sie fast noch Mistrals Umrisse sehen, als er mit gespitzten Ohren durch das Loch sprang und auf den Kieselsteinen landete.

Der mächtige Wolkenhengst sah Luna an. „Danke für deine Hilfe. Vielleicht gelingt es uns gemeinsam, die dunkle Macht zu besiegen und meinen Sohn zu befreien."

Luna nickte heftig und berührte Thors Hals. Kea mochte denken, sie hätte bereits gesiegt.

Aber nein! Eine Welle der Entschlossenheit durchlief Luna. Sie wusste, es würde nicht leicht, aber Thor und Mistral würden in den Himmel zurückkehren. Gemeinsam mit Erin würde sie es schaffen, ihnen zu helfen. Die Sterne waren auf ihrer Seite!

Leseprobe

Linda Chapman
In der Einhornschule
Sternenfohlen, Band 1

„Sind wir bald da?“, wieherte Wolke, das kleine, schneeweiße Einhorn erwartungsvoll. Sie galoppierte mit ihren Eltern über eine Wiese aus saftig grünem Gras in Arkadia.

Wolkes Mutter, ein wunderschönes hellgraues Einhorn mit dem Namen Sternenstaub, nickte. „Gleich um die nächste Ecke.“

Wolke wurde vor Aufregung noch schneller. „Kein Grund zur Eile!“, rief ihr Vater. „Die Tore sind noch nicht offen.“

Mit einem ungeduldigen Schnauben verlangsamte Wolke das Tempo und fiel in Trab. Sie konnte es kaum erwarten, endlich in die

Einhornschule zu gehen! Alle kleinen Einhörner in Arkadia kamen mit sieben Jahren ins Internat. Dort lernten sie, richtig zu fliegen und mit ihren Hörnern magische Sachen zu machen: Zaubern, Wunden heilen und in die Zukunft sehen.

Außerdem trieben sie viel Sport und tollten auf der Mondscheinwiese mit ihren Freunden herum. Wolkes Brüder hatten die Schule inzwischen verlassen, aber sie hatten ihr viel davon erzählt.

‚Das wird ein Riesenspaß', dachte Wolke. Sie hoffte, dass sie viele neue Freunde finden würde!

Gemeinsam mit ihren Eltern trabte sie einen Hügel hinauf. Als sie oben ankamen, blieb Wolke wie angewurzelt stehen und starrte hinunter. Unter ihnen im Tal lag die Schule mit ihren weitläufigen Außenanlagen.

„Oh, wow!", hauchte Wolke.

Die Einhornschule war ein riesiges Schloss mit großen goldenen Toren und zahlreichen spitzen Türmchen. Die Mauern schimmerten perlmuttfarben, und aus dem Gras leuchteten violette Blumen mit goldenen Punkten auf den Blütenblättern. Fünf hochgewachsene Elfen mit spitzen Ohren standen vor den goldenen Toren. Sie trugen silbrig glänzende Uniformen. Einhörner schossen vom Himmel herunter.

Ihre Hörner glänzten, und ihre langen Mähnen wirbelten um sie herum.

Wolke sah voller Bewunderung zu, wie mühelos die fliegenden Einhörner auf dem Gras landeten. Einige von ihnen waren offensichtlich erst acht oder neun, und trotzdem flogen sie schon so sicher. Sie wünschte, sie könnte das auch so gut. Wenn sie selbst in den Himmel aufstieg, dann endete das normalerweise mit einer Bruchlandung oder in einem Baum! Ihre Brüder, die inzwischen die Schule abgeschlossen hatten, neckten sie immer damit. Aber ihre Mutter hatte gesagt, dass sie das Fliegen in der Schule lernen würde.

„Na, was sagst du?“, fragte ihr Vater.

„Es ist wundervoll!“ Wolke sah hinunter zum Schloss und zu den Einhörnern, die nebeneinanderher galoppierten und sich von den Sommerferien erzählten. Sie wirkten alle so viel größer als sie. Wolke wusste, dass sie klein war für ihr Alter – noch so etwas, weswegen sie von ihren lästigen älteren Brüdern geärgert wurde.

„Ich frage mich, ob diese Einhörner auch Erstklässler sind wie du“, sagte ihre Mutter, als sie den Hügel hinuntertrabten, auf die goldenen Tore zu. „Wer wird wohl dein Freund werden?“

Begleite Wolke und ihre Freunde in die magische Einhornschule! Mehr erfährst du in deiner Buchhandlung. Frage einfach nach der Reihe „Sternenfohlen“.

Stardust

Einfach zauberhaft!

Linda Chapman (8)
Stardust
Lucys geheimes Elfenbuch
ISBN 978-3-440-11137-6

Hier erzählt Lucy von ihren kleinen und großen Geheimnissen, von ihren Freundinnen und ihren aufregenden Erlebnissen als Sommerelfe. Angehende Sternenstaub-Elfen erhalten außerdem viele wichtige Tipps: Wie erkennt man überhaupt, dass man eine Sternenstaub-Elfe ist? Wie stellt man Feen-Limonade her? Welche Tiere und Pflanzen sollten Sternenstaub-Elfen immer im Blick haben?

Geheimnis im Mondschein (1)
978-3-440-10573-3

Elfenzauber (2)
978-3-440-10574-0

Der Zauberschwur (3)
978-3-440-10654-9

Die magische Katze (4)
978-3-440-10729-4

Magische Ferien (5)
978-3-440-10730-0

Geheime Zaubermacht (6)
978-3-440-11090-4

Nacht der Sommerelfe (7)
978-3-440-10731-7

Ab 8 Jahren
Je € 7,95
€/A 8,20; sFr 15,30
Preisänderung vorbehalten

KOSMOS

www.kosmos.de

Der steinerne Spiegel
KOSMOS